앨리스의 끝나지 않은 모험, 그 두 번째 이야기

거울 나라의 앨리스

앨리스의 끝나지 않은 모험, 그 두 번째 이야기

거울 나라의 앨리스

루이스 캐럴 지음

정윤희 옮김 | 김민지 그림

Contents

티 없이 맑고 깨끗한 이마
꿈을 꾸듯 놀란 눈동자를 가진 아이!
어느덧 세월이 흐르고 흘러
너와 내가 떨어져서 반평생을 보낸대도
애정이 듬뿍 담긴 동화를 선물 받으면
넌 분명 사랑스러운 웃음을 짓겠지.

너의 햇살 같은 얼굴과 은빛 웃음소리
보고 들은 지도 오래됐지.
앞으로 네가 살아갈 젊은 시절 어디도
나에 대한 생각이 비집고 들어갈 수 없겠지만
어디서든 내 동화에 귀 기울여 준다면
그것만도 충분한 기쁨이 되리.

한여름의 태양이 타오르던 어느 날
그 이야기는 시작되었어.
우리가 노를 저을 때마다
은은한 종소리가 울려 퍼졌지.
그날의 기억이 아직 생생한데
질투심 많은 세월은 잊으라고 말해.

이리 와 귀를 기울여봐.
우울한 소식을 담은 무시무시한 목소리가
달갑지 않은 침대 위로
우수에 찬 아가씨를 불러들이기 전에!
잠들 시간이 가까워져 초조해하는
우리는 그저 나이 든 아이들일 뿐이란다, 꼬마야.

밖에는 차가운 서리와 눈발이 날리고
구슬픈 광기에 젖은 폭풍우가 휘몰아치고
안에는 새빨간 난롯불이 타오르는
훈훈한 어린 시절의 보금자리가 있지.
마법 같은 글귀들이 순식간에 너를 사로잡으면
매섭게 몰아치는 차가운 바람 소리도 들리지 않을 거야.

행복했던 여름날이 지나고
한여름의 아름다움도 퇴색되어
무거운 한숨의 그림자가
내 이야기에 어둠을 드리울지 몰라도
그 어떤 사악한 기운도
우리 동화의 즐거움을 방해할 수 없어.

01

거울 속의 집

한 가지는 분명했다. 하얀 아기 고양이는 그 일과 전혀 무관하다는 것. 전적으로 까만 아기 고양이의 잘못이었다. 하얀 아기 고양이는 15분 전부터 어미에게 얼굴을 맡긴 채 세수 중이었기 때문이다. 누가 봐도 하얀 아기 고양이가 짓궂은 장난을 쳤을 리 없었다.

다이나가 아기 고양이들의 얼굴을 씻기는 방식은 이랬다. 먼저 한쪽 앞발로 불쌍한 새끼의 귀를 잡은 다음, 다른 앞발로 코부터 시작해서 얼굴 전체를 쓸어 올리며 박박 문지른다. 다이나는 이런 식으로 하얀 아기 고양이의 얼굴을 열심히 닦는 중이었다. 하얀 아기 고양이도 스스로에게 좋을 거라 생각하는지 얌전히 바닥에 누워서 그르렁거리고 있었다.

하지만 까만 아기 고양이는 오후에 일찌감치 세수를 마친 터였다. 그래서 앨리스가 큼직한 안락의자 구석에 웅크리고 앉아 혼잣말을 하다가 꾸벅꾸벅 조는 사이, 그전부터 열심히 감아놨던 털실뭉치를 이리저리 굴리며 놀다가 전부 풀고 만 것이다. 실뭉치는 벽난로 깔개 위에 잔뜩 엉클어진 채였고, 까만 아기 고양이는 그 난장판 가운데서 자기 꼬리를 잡으려 빙글빙글 돌고 있었다.

"이런 장난꾸러기!"

앨리스는 매우 잘못된 행동을 했다는 것을 알리려는 듯 까만 아기 고양이를 덥석 들어 올린 뒤 살짝 입 맞추며 꾸짖었다.

"그러게 다이나가 교육을 잘 시켰어야 이런 일이 없는 건데. 다이나, 네가 잘 가르쳤어야지."

앨리스는 원망스러운 눈빛으로 어미 고양이를 쳐다보며 불만에 찬 목소리로 덧붙였다. 그리고 아기 고양이와 실뭉치를 품에 안고 안락의자로 올라가 다시 털실을 감기 시작했다. 아기 고양이에게도 한 마디 하고, 혼잣말도 한 마디 하면서 털실을 감느라 무척 굼뜬 모습이었다. 앨리스의 무릎에 얌전히 앉은 까만 아기 고양이 키티는 주인의 모습을 지켜보면서 뭐라도 도와주고 싶은 것처럼 가끔씩 한 발을 들어 실뭉치를 슬쩍슬쩍 건드렸다.

"키티, 너 내일이 무슨 날인지 아니? 언니랑 같이 창문 밖을 구경했다면 너도 알았을 텐데. 아깐 엄마랑 씻느라고 바빴지? 언니가

보니까 남자애들이 모닥불을 때려고 장작을 모으고 있더라. 장작이 얼마나 많이 쌓였는지 몰라. 날이 점점 추워지고 눈도 많이 오니까 어쩔 수 없이 멈춰야 했지만. 걱정 마, 키티. 우리도 내일 모닥불을 구경하러 갈 테니까."

앨리스는 이런저런 잡담을 늘어놓으면서 키티 몸에 잘 어울리는지 보기 위해 털실을 고양이 목에 두세 번 돌돌 말았다. 그 순간 키티가 앞발로 털실을 홱 쳐냈고, 커다란 실뭉치가 바닥에 떨어진 채 데굴데굴 굴러 다시 엉망진창이 되고 말았다.

"언니 진짜로 화났어, 키티!"

앨리스는 다시 키티를 안고 안락의자에 앉았다.

"지금까지 네가 저지른 못된 짓들만 보면, 당장 창문을 열고 눈구덩이 속으로 던져 버려도 모자랄 판이라고! 넌 혼나도 싸, 이 말썽꾸러기 야옹아! 지금 뭐라는 거야? 언니가 말할 땐 군말 말고 들어."

앨리스는 손가락 하나를 치켜세우며 말을 이었다.

"네가 뭘 잘못했는지 전부 다 말해줄 거야. 첫 번째, 너는 아침에 다이나가 세수를 시켜주는 동안 두 번이나 칭얼거렸어. 아니라는 말은 못하겠지, 키티. 언니가 다 들었어! 뭐라고? 엄마가 앞발로 네 눈을 찔렀다고? 그것도 네 잘못이야. 네가 눈을 뜨고 있었던 거잖아. 애초에 눈을 감고 있었다면 그런 일이 없었겠지. 이제 더 변명하지 말고 언니가 하는 말 잘 들어. 두 번째, 언니가 스노드롭한테 우유를 주려고 접시를 놔줬을 때도 스노드롭의 꼬리를 잡아서 저만치 끌어냈지? 뭐, 목이 말라서 그랬어? 그럼 스노드롭은 목이 안 말랐겠니? 그리고 세 번째, 언니가 잠깐 한눈파는 사이에 실뭉치를 전부 엉망으로 망쳐 놨잖아. 키티, 넌 잘못을 세 개나 저질러놓고도 아직 하나도 벌을 받지 않았어. 오늘 잘못한 세 가지를 그대로 기억했다가 다음 주 수요일에 한꺼번에 혼내줄 거야. 혹시 어른들도 내가 잘못한 것에 대한 벌을 전부 모아놓고 있는 거 아니야?"

키티와 대화를 하던 앨리스가 이젠 혼잣말을 중얼거렸다.

"그렇다면 올해 마지막 날, 난 어떻게 되는 거지? 어쩌면 감옥에 갈지도 몰라. 그렇지 않으면 음, 만약 잘못을 할 때마다 저녁밥을 못 먹는 벌을 받아야 한다면 그 끔찍한 날이 되면 한꺼번에 저녁 50끼를 굶어야 할지도 모르겠어. 하긴, 차라리 그러는 편이 낫지. 50끼를 한꺼번에 먹는 것보다 굶는 게 쉬울 테니까. 키티, 눈송이가 창문을 두드리는 소리가 들리니? 정말 나른하고 기분 좋은 소리야! 하얀 눈송이가 저 들판과 나무들을 너무나 사랑해서 부드러운 입맞춤을 하는 게 아닐까? 하얀 이불로 나무와 들판을 포근하게 감싸주고, '잘 자요, 내 사랑. 여름이 올 때까지 곤히 잠들어요.'라고 말하면서 말이야. 한참이 지나서 다시 여름이 오면 들판과 나무들이 잠에서 깨어나 온통 초록색 옷을 입고 바람에 몸을 맡긴 채 살랑살랑 춤추겠지. 세상에, 정말 아름답지 않니?"

앨리스는 감탄에 젖어 손뼉을 쳤고 그 바람에 실뭉치가 바닥에 떨어졌다.

"그게 사실이라면 얼마나 멋질까? 나뭇잎들이 온통 갈색 옷으로 갈아입는 가을이 되면 금방이라도 곯아떨어질 것처럼 졸려 보일 거야. 키티, 너 체스 둘 줄 아니? 아니, 웃지 말구. 정말 진지하게 묻는 거야. 아까 우리 체스 게임할 때 꼭 체스를 둘 줄 아는 것처럼 빤히 쳐다봤잖아. 내가 '체크!'라고 외쳤을 때, 네가 가르랑 울었고! 정말 멋진 한 수였지! 그 비열한 기사가 내 말들 사이로 요리조리 빠

져나가지만 않았다면 내가 이길 수 있었을 텐데. 키티, 우리 흉내 내기 놀이하자."

이 시점에서 평소 앨리스가 가장 좋아하는 '흉내 내기 놀이'란 게 어떤 것인지 절반만이라도 설명해줄 수 있다면 얼마나 좋을까? 바로 전날만 해도 앨리스는 언니와 한참 티격태격 말다툼을 벌였다. 모든 건 여러 왕과 왕비들을 흉내 내는 놀이를 하자는 앨리스의 제안 때문에 비롯된 것이었다. 매사에 정확한 것을 좋아하는 앨리스의 언니는 단둘밖에 없는데 '여러 왕들과 왕비들' 흉내 내기 놀이를 한다는 것 자체가 말이 되지 않는다고 따지고 들었다. 결국 앨리스는 "그럼 언니는 왕이든 왕비든 한 사람 역할만 해. 나머지 여러 역할을 내가 전부 다 맡아서 할게."라며 슬그머니 꼬리를 내려야만 했다. 언젠가는 유모의 귓가에 대고, "유모, 우리 흉내 내기 놀이하자. 난 배고픈 하이에나 할게, 유모는 뼈다귀 흉내 내줘!"라고 소리쳤다가 나이 든 유모가 간이 떨어질 뻔한 적도 있었다.

이쯤 하고 앨리스가 키티에게 뭐라고 하는지 계속해서 들어보기로 하자.

"키티, 우리 흉내 내기 놀이하자. 네가 붉은 여왕을 맡아. 앞발을 들고 팔짱을 끼고 있으면 붉은 여왕이랑 똑같을 거야. 자, 이리 와, 언니 말 들어야지, 착해라."

앨리스는 탁자에 있던 붉은 여왕을 집어 들더니 아기 고양이가 볼 수 있도록 코앞에 세워두었다. 물론 이론적으로도 성공하기가 힘든 일이었지만 앨리스는 키티가 제대로 팔짱을 끼지 않아서 실패한 거라고 생각하는 모양이었다. 결국 앨리스는 키티를 벌줄 요량으로 번쩍 들고 거울 앞으로 걸어가서 자신이 얼마나 화가 났는지 보여주기로 마음먹었다.

"계속 말 안 들으면 거울 속의 집에다 던져 버릴 거야. 정말 그랬으면 좋겠어? 키티, 이제 언니 말 잘 들어야 해. 말대꾸 않고 시키는 대로 꼬박꼬박 하겠다고 약속하면, 언니가 거울 속의 집에 대해서 전부 얘기해줄게. 저기, 거울 속에 있는 방이 보이니? 방 안에 있는 물건들이 전부 반대 방향에 있다는 것만 빼면 우리 거실이랑 똑같이 생겼어. 의자 위에 올라가면 방 안을 한눈에 볼 수 있지. 벽난로 바로 뒤쪽만 빼고. 아, 저기까지 볼 수 있으면 얼마나 좋을까? 거울 속의 방에서도 겨울이 되면 벽난로를 피우는지 궁금해 죽겠어. 우리 집 거실에서는 불을 피우지 않잖아. 그래서 하얀 연기가 피어오르지 않으니까 저기서도 불을 피우는지 알 길이 없어. 어쩌면 거울 속의 방에 있는 벽난로는 그럴싸하게 보이는 가짜인지도 몰라. 그리고 글씨가 거꾸로 적힌 것만 빼면 우리 집에 있는 책들이랑 저기 있는 책들이 똑같더라. 그걸 어떻게 알았냐면, 우리 집에 있는 책을 들고 거울 앞에 서봤거든. 그랬더니 거울 속의 방에서 똑같은 책을 들고 있는 모습이 보이더라고. 키티, 거울 속의 집에서 살면 어떨까? 저기서도 야옹이한테 우유를 줄까? 어쩌면 거울 속에 보이는 우유는 마실 수 없을지도 몰라. 키티! 우리 이제 복도 얘기를 해볼까? 우리 집 거실 문이 활짝 열려 있으면 거울 속의 집에 있는 복도도 살짝 보인단다. 그 부분은 우리 집 복도랑 정말 비슷하지만, 눈에 보이지 않는 부분은 우리 복도랑 완전히 다를지도 몰라. 키티! 우리가 거울 속의 집에 들어갈 수 있다면 얼마나 좋을까! 분명 그

안에는 아주 아름다운 것들이 가득할 거야! 맞아, 키티. 거울 속의 집으로 가는 길이 있다고 상상해보자. 저 거울이 거즈처럼 부드러워서 우리가 거울 속으로 슬그머니 들어갈 수 있다고 말이야. 어머나! 거울이 안개처럼 변하고 있잖아! 진짜야. 이제 거울 속에 쉽게 들어갈 수 있겠어."

어느새 앨리스는 벽난로 선반 위에 폴짝 뛰어 올라가 있었다. 분명히 거울이 반짝거리는 은색 안개처럼 뿌옇게 변하고 있었다. 그다음 순간, 앨리스는 거울을 통과해 거울 속의 방으로 사뿐히 뛰어내렸다.

제일 먼저 앨리스는 벽난로에 불이 지펴져 있는지부터 살폈다. 집에 있는 벽난로처럼 거울 속의 집에 있는 벽난로에서도 불이 활활 타오르고 있다는 사실을 알고 뛸 듯이 기뻤다.

"그럼 여기서도 거울 너머에 있는 우리 거실처럼 따뜻하게 지낼 수 있겠네. 어쩌면 더 따뜻할지도 몰라. 난롯불 가까이 가지 말라고 잔소리할 사람도 없을 테니 말이야. 아, 우리 식구들이 거울 너머로 내 모습을 보면서도 잡지 못하면 발을 동동 구를 거야. 정말 재미있겠다!"

그러고 나서 앨리스는 주위를 천천히 둘러보기 시작했다. 거울 너머로 볼 수 있던 부분들은 너무나 평범하고 따분하기 짝이 없었지만, 제대로 보이지 않던 부분들은 매우 다르게 보이고 있었다. 가령 벽난로 바로 옆에 걸린 그림들은 진짜 살아 있는 것 같았고, 선반 위의 시계는 왜소한 노인의 얼굴로 앨리스를 향해 음흉한 미소를 지어 보이는 것 같았다.

'우리 집처럼 깨끗하게 청소를 하지는 않나봐.'

그리고 벽난로 속에 쌓인 잿더미 속에서 체스 말들이 몇 개 떨어져 있는 것을 보고 깜짝 놀라서 외쳤다.

"어머나!"

놀란 앨리스는 외마디 비명과 함께 두 손과 무릎을 바닥에 대고 엎드려서 체스 말들을 뚫어져라 쳐다보았다. 세상에, 체스 말들이 둘씩 짝을 지어서 걷고 있는 것이 아닌가!

"붉은 왕과 붉은 여왕이잖아."

앨리스는 행여 체스 말들이 놀랄까 싶어 들릴락 말락 속삭였다.

"저기 재를 걷어내는 삽 모서리에 하얀 왕과 하얀 여왕이 앉아 있어. 여기 룩 두 개는 팔짱을 끼고 걸어가고 있잖아. 근데 체스 말들은 내 말을 들을 수가 없나봐."

앨리스는 얼굴을 아래로 더 바짝 대고 말을 이었다.

"내 모습도 보이지 않는 게 분명해. 투명인간이 된 기분이야……."

바로 그때 앨리스 뒤에 놓인 탁자에서 뭔가 낑낑대는 소리가 들렸고, 곧장 고개를 돌려보니 하얀 폰 하나가 바닥에서 데굴데굴 구르며 발을 버둥거리고 있는 것이 아닌가. 앨리스는 그 말이 어떤 행동을 할까 너무 궁금해서 호기심 어린 눈으로 가만히 지켜봤다.

"우리 아기 목소리잖아!"

하얀 여왕이 외치며 다급하게 몸을 돌리다가 하얀 왕을 밀쳤고, 하얀 왕은 벽난로에 쌓인 잿더미 속으로 픽 쓰러져 버렸다.

"내 소중한 릴리! 우리 황실의 예쁜이!"

하얀 여왕은 벽난로 옆에 세워진 철망을 기어오르기 시작했다.

"황실이라니! 말도 안 돼."

하얀 왕이 넘어지는 바람에 다친 코끝을 문지르며 투덜거렸다. 머리끝부터 발끝까지 잿더미를 뒤집어썼으니 그렇게 화를 내는 것도 당연한 일이었다.

앨리스는 가여운 릴리가 계속 빽빽거리며 울어대는 상황을 어떻게든 도와주고 싶은 심정이었고, 결국 하얀 여왕을 손으로 들어서 탁자 위에서 엉엉 울어대는 어린 릴리 옆에 사뿐히 앉혀주었다.

하얀 여왕은 가쁜 숨을 내쉬며 자리에 주저앉았다. 눈 깜짝할 사이 하늘로 붕 떠오른 탓인지 숨이 찬 하얀 여왕은 잠시 아무것도 못하고 어린 릴리를 품에 안고만 있었다. 잠시 후 어느 정도 숨을 고르고 나서야, 하얀 여왕은 뿌연 잿더미 가운데 뚱한 얼굴로 앉아 있는 왕을 보며 소리쳤다.

"화산을 조심해요!"

"화산이라니?"

왕은 혹시나 싶은 눈빛으로 활활 타오르는 불꽃 가운데를 쳐다보며 되물었다.

"방금 화산에 쓸려왔어요."

여왕이 가쁜 숨을 몰아쉬며 말했다.

"당신은 천천히 올라와요. 화산에 쓸려오지 말고……."

앨리스는 철망을 천천히 잡고 기어 올라가는 왕의 모습을 바라보다 마침내 말했다.

"그렇게 굼벵이처럼 올라가다가는 몇 시간이 걸려도 못 가겠어요. 차라리 내가 도와주는 편이 낫겠네요, 안 그래요?"

하지만 하얀 왕은 앨리스의 말에 아무 대답도 하지 않았다. 앨리스를 보지도 듣지도 못하는 것이 분명했다.

결국 앨리스는 아까보다 더 조심스럽게 하얀 왕을 살포시 들어 올렸고 행여나 왕이 놀라서 숨이 멎지 않도록 최대한 천천히 옮겼다. 그리고 하얀 재를 온몸에 뒤집어쓴 왕의 모습을 보면서 탁자에 내려놓기 전에 먼지나 조금 털어주자 싶은 생각이 들었다.

보이지 않는 손에 들린 채로 공중에 붕 떠서 온몸에 묻은 잿더미 가루가 탈탈 털리자 하얀 왕은 소스라치게 놀란 나머지 찍소리도 내지 못하고 눈과 입만 점점 더 크게 벌릴 따름이었다. 그 모습을 보고 웃음이 터진 앨리스가 손을 좌우로 거세게 흔드는 바람에 하마터면 왕을 바닥에 떨어뜨릴 뻔했다.

"제발 그렇게 웃긴 표정 좀 하지 말아요!"

앨리스는 왕이 자신의 목소리를 듣지 못한다는 사실마저 잊은 채 깔깔거리며 말했다.

"너무 웃겨서 제대로 잡고 있을 수가 없잖아요. 제발 그 입 좀 다물라니까요. 그러다 잿더미가 전부 입 속에 들어가겠어요! 자, 이제 어느 정도 먼지가 없어진 것 같네요."

앨리스는 잔뜩 헝클어진 왕의 머리카락을 매만져주고 왕을 탁자 위에 있는 여왕의 옆에 내려두었다.

하얀 왕은 자리에 털썩 주저앉아 얼음처럼 굳어 있었다. 앨리스는 자신이 뭔가 잘못을 했나 싶어 놀란 듯 방 안을 빙빙 돌며 왕에게 끼얹을 찬물이 없나 살펴보았다. 하지만 눈에 띄는 거라곤 잉크병밖에 없었다. 그거라도 쓰자 싶어서 다시 돌아와 보니, 어느새 왕이 정신을 차리고 잔뜩 겁에 질린 표정으로 여왕과 뭔가 속닥거리고 있었다. 개미 목소리처럼 잘 들리지 않아서 귀를 바짝 대고 들어야만 겨우 알아들을 수 있을 정도였다.

먼저 하얀 왕이 말했다.

"진짜라니까, 여보. 얼마나 놀랐는지 구레나룻 끝까지 소름이 끼치더라니까!"

그러자 여왕이 대답했다.

"당신, 구레나룻이 어디 있다고 그래요?"

"어찌나 소름이 끼치던지, 정말로 평생 잊지 못할 것 같아!"

왕이 말했다.

"하지만 그 느낌을 지금 메모해두지 않으면 분명 잊어버리고 말

거예요."

여왕이 대꾸했다.

앨리스는 품에서 엄청나게 큼직한 메모장을 꺼내서 뭔가 열심히 적는 왕의 모습을 대단히 흥미로운 눈으로 쳐다보았다. 순간 머릿속에 뭔가 떠올랐는지, 앨리스는 왕의 어깨 너머로 튀어나온 연필 끝을 붙잡았고 왕을 대신해 뭔가를 적어 내려가기 시작했다.

가여운 왕은 어안이 벙벙하여 침울한 표정을 지었고, 아무 말 없이 한참 연필을 잡고 씨름했다. 하지만 엄청난 앨리스의 힘을 도저히 이기지 못하고 숨이 넘어가는 목소리로 가까스로 외쳤다.

"여보! 아무래도 좀 가느다란 연필을 써야겠어. 도무지 이 연필이 말을 듣지를 않네. 내가 생각지도 않은 글만 써지고……."

"뭐라고 적혀 있는데요?"

여왕은 이렇게 말하며 메모장을 들여다보았다. 거기에는 '하얀 기사가 부지깽이 아래로 미끄러져 내려온다. 제대로 균형을 잡지 못하면서.'라고 앨리스가 적어놓은 내용이 적혀 있었다.

"이건 아까 느꼈다던 소름 끼치는 기분을 적은 게 아니잖아요!"

여왕은 앨리스 자리에 앉아 하얀 왕을 지켜보면서, 혹시라도 하얀 왕이 다시 기절하면 어쩌나 싶어서 당장이라도 잉크병을 쏟아부을 기세로 바로 앞의 탁자에 놓인 책 한 권을 펼치고 한 장씩 넘기며 뭔가 읽을거리가 있나 살펴보았다.

"전부 내가 모르는 글자밖에 없잖아."

앨리스는 혼자 중얼거렸다.

책에는 이런 글자가 적혀 있었다.

재버워키

오네경, 미끈한 토브들이

풀언덕에서 뱅글뱅글 돌며 송팡했다

보로고브들은 전부 조비했고

녹돼들은 길을 잃고 에취휫휘거렸다

앨리스는 한참 어리둥절한 표정을 지었고 마침내 뭔가가 머릿속에 퍼뜩 떠올랐다.

"맞다, 이건 거울 속에 보이는 책이잖아! 거울에 비춰서 읽어보면 무슨 글자인지 제대로 읽을 수 있을 거야."

재버워키

오네경, 미끈한 토브들이

풀언덕에서 맴돌며 송팡했다.

보로고브들은 전부 조비했고
녹돼들은 길을 잃고 에취휫휫거렸다.

"아들아, 재버워키를 조심하렴!
물어뜯는 주둥이, 날카로운 발톱!
주브주브 새를 조심하렴!
부글부글 화난 밴더스내치를 피하렴!"

아들은 커다란 칼을 들고 있었다.
오랫동안 어마무시한 적을 쫓다가
통통 나무 옆에 휴식을 취하며
잠시 생각에 잠겨 있었다.

그렇게 곰곰이 생각에 잠겨 있는데,
재버워키가 눈을 이글거리며
나무 빽빽 어두운 숲 사이로 어슬렁어슬렁
시끌시끌 중얼거리며 다가왔다.

하나, 둘! 하나, 둘! 커다란 칼이
이리저리 휙휙 움직였다.

아들은 재버워키를 해치운 뒤
머리만 들고 깡충거리며 신 나서 뛰어왔다.

"재버워키를 해치운 거냐?
이리 온, 반짝이며 빛나는 내 아들아!
오, 아름다운 날이로다! 칼루! 칼레이!"
그는 기쁨에 차올라 껄껄 웃었다.

오네경, 미끈한 토브들이
풀단지에서 맴돌며 송팡했다.
보로고브들은 전부 조비했고
녹돼들은 길을 잃고 에취�휘거렸다.

"뭔지 몰라도 꽤 좋은 시 같아."
앨리스는 시를 끝까지 읽고 나서 말했다.
"물론 이해하기가 쉽지는 않지만."
앨리스는 시의 내용을 제대로 이해하지 못했다는 사실을 본인 스스로 인정하고 싶지 않았던 것 같다.
"어쨌든 머릿속에 온갖 생각들이 꽉 차는 느낌이야. 그게 뭔지는 잘 모르겠지만! '누군가'가 '어떤 것'을 죽였다는 건 분명한 것 같은

QUEEN
A
2

데……. 어쨌거나 그거 하나는 분명히 알 것 같아."

앨리스는 갑자기 자리에서 팔짝 뛰어올랐다.

"아, 맞다! 얼른 서둘러야겠어! 그렇지 않으면 거울 속의 집을 전부 둘러보기도 전에 우리 집으로 돌아가야 할지도 몰라. 먼저 정원부터 가봐야겠어!"

앨리스는 곧바로 방에서 뛰쳐나와 성큼성큼 계단을 내려갔다. 그냥 뛰어 내려간다기보다 완전히 새로운 방식으로 쉽고 재빠르게 계단을 이동했다. 앨리스는 손가락 끝을 난간에 살짝 댄 채, 계단에 발을 대지도 않은 상태로 공중에 떠서 아래로 내려갔다. 그런 식으로 계단을 내려간 후에도 붕 뜬 상태로 복도를 지나갔다. 문설주에 손을 대지 않았다면 그대로 문을 통과해 지나가고도 남았을 것이다. 너무 오랫동안 공중에 떠 있어서 머리가 띵했던 터라 앨리스는 다시 자연스럽게 발을 디디고 걸을 수 있어서 너무 다행이다 싶었다.

02

말하는 꽃들의 정원

"저쪽으로 올라가면 정원이 더 잘 보일 것 같은데."

앨리스가 혼잣말로 중얼거렸다.

"이 길을 따라가면 언덕 꼭대기까지 곧바로 갈 수 있겠지. 에구, 이게 아닌가봐. 아니야, 이렇게 계속 가다 보면 언덕 꼭대기에 갈 수 있을 거야. 그런데 정말 이상하네, 길이 꼬불거리잖아! 길이 아니라 배배 꼬인 나사 같아! 이 모퉁이만 돌면 언덕이 나올 거야. 맙소사, 아니잖아! 이건 집으로 돌아가는 길이야! 그렇다면 반대편으로 가봐야겠어."

앨리스는 다른 길로 향했다. 하지만 계속 길을 걸어 올라갔다가 다시 내려오고 모퉁이를 돌고 또 돌아도 결국에는 집으로 돌아오게 되었다. 한번은 보통 때보다 빠르게 모퉁이를 돌아가다가 결국 몸을 주체하지 못하고 벽에 쿵 부딪히기까지 했다.

"아무리 말려도 소용없어!"

앨리스는 고개를 들고 집을 쳐다보며 말했다. 마치 커다란 집과 말싸움이라도 벌이는 것처럼 보일 정도였다.

"아직은 집에 들어가지 않을 거야. 이제 거울 밖으로 나가서 우리 집으로 돌아가야 한다는 거 알아. 그럼 오늘의 모험도 그걸로 끝이 나겠지."

마침내 앨리스는 굳게 마음을 잡고 집을 등진 채 섰고, 다시 한 번 길을 나서 언덕에 도착할 때까지 걸어가겠노라고 단단히 마음먹었다. 처음 얼마 동안은 앨리스가 마음먹은 대로 순조롭게 흘러가는 듯했고, "이번에는 언덕에 닿을 수 있겠어."라고 중얼거리는 순간, 갑자기 길이 좌우로 꿈틀거리면서 이리저리 흔들리기 시작했다. 그리고 한순간, 앨리스가 현관문을 향해 걸어가고 있었다.

"맙소사, 정말 너무하잖아!"

앨리스가 외쳤다.

"이렇게 질기게 내 길을 방해하는 집은 난생처음이야! 너무해!"

하지만 저만치 언덕이 보이는데 여기서 포기할 수는 없는 노릇이라 다시 걸음을 내딛을 수밖에 없었다. 이번에는 가장자리에 데이지들이 있는 거대한 꽃밭에 도착했다. 한가운데는 커다란 버드나무 한 그루가 위풍당당하게 버티고 있었다.

"와, 호랑이 백합이네!"

앨리스는 산들바람을 따라 우아하게 나부끼는 커다란 백합을 보며 말을 이었다.

"네가 말을 할 수 있다면 얼마나 좋을까!"

"우리도 말을 할 수 있단다."

그러자 호랑이 백합이 대답했다.

"물론 대화를 나눌 만한 가치가 있는 상대라면 말이야."

앨리스는 화들짝 놀라 한동안 입을 떼지 못했다. 숨이 턱 멎는 기분이었다. 산들바람을 따라 호랑이 백합이 이리저리 흔들리자 앨리스는 다시 한 번 작은 목소리로 속삭이듯 말했다.

"여기 있는 꽃들이 전부 말을 할 수 있어?"

"너만큼 잘할걸."

호랑이 백합이 대답했다.

"목소리도 훨씬 크고."

"우리가 먼저 말하는 건 예의가 아니야."

이번엔 장미가 말했다.

"언제쯤 말을 걸어주려나 기다리고 있었지. '그리 영리해 보이지는 않아도 생각은 있을 것 같은 얼굴인데!' 이렇게 생각하고 있었어. 얼굴빛이 좋은 걸 보니, 꽤 오래가겠어."

"색은 상관없어."

호랑이 백합이 똑부러지게 말했다.

"꽃잎이 조금 더 말려 올라갔으면 좋았을 텐데."

괜히 단점을 지적당하는 것이 싫었던 앨리스는 질문 공세를 퍼붓기 시작했다.

"정원에 심어진 채로 지내면 무서울 때가 있지 않아? 돌봐주는 사람 하나 없잖아."

"저기 한가운데 버드나무 있잖아. 저 나무가 달리 할 일이 뭐 있겠어?"

장미가 말했다.

"하지만 위험한 상황이 닥치면 어쩌고?"

앨리스가 물었다.

"시끄럽게 짖어대."

장미가 말했다.

"'바우와우!' 하고 짖어."

데이지가 외쳤다.

"그래서 저 나무의 가지를 '바우'라고 불러."

"그걸 몰랐단 말이야?"

다른 데이지가 놀라 외쳤다. 그때부터 온갖 꽃들이 입을 모아 소리치기 시작했고, 소곤소곤 날카로운 소리가 공기 중에 가득 찼다.

"모두들 조용히 해!"

호랑이 백합이 좌우로 흔들며 흥분해서 부르르 떨리는 목소리로 외쳤다.

"재들, 내가 어쩌지 못한다는 걸 아니까 저러는 거야."

호랑이 백합이 앨리스를 향해 머리를 숙이며 덧붙였다.

"아냐, 너무 속상해하지 마!"

앨리스가 다독이며 말했다. 그리고 다시 시끄럽게 떠들기 시작하는 데이지 무리들 쪽으로 허리를 숙이고 나지막히 말했다.

"너희들 조용히 안 하면 내가 전부 따 버릴 거야!"

순간 주위가 고요해졌고 데이지 몇몇은 얼굴이 하얗게 질려 버리기까지 했다.

"내 말이!"

호랑이 백합이 신 나서 외쳤다.

“아무튼 데이지들이 제일 나쁘다니까. 하나가 입을 열면 한꺼번에 떠들어대기 시작하지. 그 시끄러운 소리를 듣다 보면 아주 시들시들 말라버릴 지경이야.”

“모두가 말을 예쁘게 할 수 있으면 얼마나 좋을까?”

앨리스는 칭찬으로 호랑이 백합의 마음을 풀어주고 싶은 마음에 말했다.

“지금껏 정원에 많이 가봤지만 이렇게 말을 잘하는 꽃들은 처음 봤어.”

“땅바닥에 손을 대고 느껴봐, 그럼 이유를 알 수 있을 거야.”

호랑이 백합이 말했다.

앨리스는 시키는 대로 했다.

“아주 딱딱한데. 이거랑 대체 무슨 상관이 있다는 건지 난 잘 모르겠어.”

“보통 정원에 사는 꽃들은 푹신한 침대 같은 땅에서 잠을 자거든. 그래서 꽃들이 항상 깊이 잠들어 있어.”

꽤 그럴싸한 설명이었다. 앨리스는 아주 새로운 사실을 알게 된 것 같아서 뛸 듯이 기뻤다.

“그런 생각은 전혀 못 해봤어!”

“내가 보기에 너는 생각 자체를 전혀 안 하는 것 같은데.”

장미가 비아냥거리며 말허리를 잘랐다.

"너처럼 멍청한 애는 한 번도 본 적이 없어."

그때까지 한 마디도 없던 제비꽃이 불쑥 끼어드는 바람에 앨리스는 화들짝 놀랐다.

"그 입 다물지 못해!"

호랑이 백합이 꽥 소리쳤다.

"다른 사람을 본 적이나 있어? 잎사귀 밑에 고개 파묻고 코나 골며 자는 주제에! 요즘 세상이 어떻게 돌아가는지, 새싹일 때나 지금이나 똑같이 하나도 모르면서!"

"나 말고 정원에 사람이 또 있니?"

앨리스는 백합이 하는 마지막 말을 들을 생각조차 하지 않고 황급히 물었다.

"너처럼 마음대로 돌아다니는 꽃이 하나 있기는 해."

장미가 말했다.

"어떻게 그럴 수 있는지 궁금해 죽겠어."

"궁금한 것도 많네."

호랑이 백합이 면박을 줬다.

"하긴 걔는 너보다 훨씬 잎이 많이 달렸지."

장미가 말을 이었다.

"나랑 비슷하게 생겼어?"

앨리스가 신이 나서 되물었다.

그 순간 어딘가 나 같은 아이가 또 있을 수도 있겠다는 생각이 머릿속을 스쳤기 때문이다.

"글쎄, 너처럼 못생기기는 했어. 그런데 너보다 꽃잎은 더 짧고 훨씬 더 빨개."

장미가 말했다.

"달리아처럼 잎이 다닥다닥 붙어서 위로 뻗어 있어."

호랑이 백합이 끼어들었다.

"어쨌거나 너처럼 막 헝클어져 있지는 않아. 물론 그게 네 잘못은 아니야."

장미가 애써 달래듯 말했다.

"너도 알다시피 이제 시들기 시작했잖아. 보통 꽃들이 시들면서 지저분해지잖아."

앨리스는 기분이 썩 좋지는 않아서 대화의 주제를 바꿔보려고 다시 물었다.

"그 애가 정원에 나온 적 있어?"

"장담하건데, 너도 곧 그 애를 보게 될 거야."

장미가 말했다.

"그 애는 가시가 아홉 개나 붙은 품종이야."

"가시가 어디 붙어 있는데?"

앨리스는 궁금해 죽겠다는 듯 물었다.

"당연히 머리 쪽으로 빙 둘러서 났지. 그런데 넌 왜 가시가 없는 거야? 너희들은 전부 가시가 나 있는 줄 알았는데."

장미가 말했다.

"저기 온다!"

제비고깔이 소리쳤다.

"쿵쿵, 자갈길을 따라서 그 애가 오는 소리가 들려!"

앨리스는 열심히 주위를 두리번거렸고 시끄러운 발소리의 주인공이 바로 붉은 여왕이라는 것을 알아챘다.

"저번보다 많이 커졌네!"

앨리스가 첫마디를 외쳤다. 붉은 여왕은 정말 엄청나게 커져 있었다. 처음 난롯가 잿더미에서 봤을 때만 해도 불과 7센티미터 정도였는데, 이제는 앨리스보다 머리 절반쯤은 더 커진 것 같았다!

"신선한 공기를 맡은 덕이지. 여기 야외 공기가 기가 막히게 좋거든."

장미가 말했다.

"가서 만나봐야겠어."

앨리스가 말했다. 아무리 말하는 꽃들이 신기해도 진짜 여왕과 이야기를 나눈다는 건 그보다 훨씬 멋진 일이 될 것 같았기 때문이다.

"그건 불가능한 일이야."

장미가 말했다.

"충고하는데, 반대쪽으로 가는 편이 나을 거야."

앨리스는 장미의 말을 귓등으로 듣고 아무 대답 없이 곧바로 붉은 여왕이 있는 쪽으로 걷기 시작했다. 놀랍게도 눈앞에 보이던 붉은 여왕이 온데간데없이 사라지고, 어느새 다시 현관문 쪽으로 걸어가고 있는 것이 아닌가.

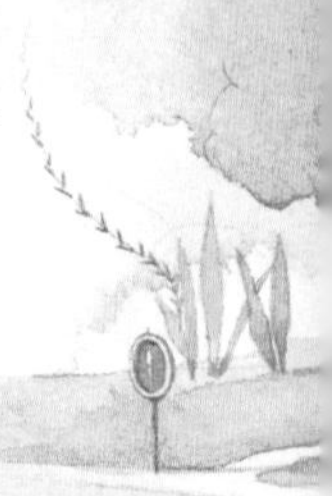

앨리스는 살짝 짜증이 나서 한 걸음 뒤로 물러서서, 붉은 여왕이 어디로 갔는지 찾기 위해서 두리번거렸다. 마침내 저만치 있는 붉은 여왕의 모습이 눈에 들어왔다. 이번에는 장미의 충고대로 여왕의 반대쪽으로 걸어가자 싶은 생각이 들었다.

그 계획은 멋지게 성공했다. 일 분도 채 지나지 않아 앨리스는 붉은 여왕을 코앞에 마주하고 서 있었다. 게다가 눈앞에는 그토록 가고자 했던 언덕이 광활하게 펼쳐져 있는 것이 아닌가.

"그대는 어디서 왔지?"

20
QUEEN
OF THE
ROAD
30
CONSTRUCTION
EAST
50M
20

붉은 여왕이 입을 뗐다.

"그리고 어디로 가는 게냐? 고개를 들고 똑바로 대답하거라. 자꾸 손가락만 꼼지락거리지 말고."

앨리스는 여왕이 하는 말을 모두 순순히 따랐다. 그리고 길을 잃게 된 과정을 최대한 자세히 설명했다.

"너의 길이라니, 무슨 소리인지 모르겠구나."

여왕이 말했다.

"이 근처에 있는 길들은 모두 '나의 길'이란다. 도대체 이곳까지 어떻게 온 거지?"

여왕이 조금 누그러진 목소리로 말했다.

"대답할 말이 생각나지 않으면 절을 해도 좋아. 그럼 시간이 훨씬 절약될 테니까."

앨리스는 그 말이 무슨 뜻인가 싶었지만, 여왕의 위엄이 넘치는 태도에 기가 죽어서 믿지 않을 수가 없었다.

'집에 가면 한번 해봐야겠어. 혹시 저녁 식사 시간에 늦게 되면 말이야.'

앨리스는 이렇게 생각했다.

"자, 이제 대답을 할 시간이구나."

붉은 여왕이 손목시계를 보며 말했다.

"말을 할 때는 입을 조금 더 크게 벌리고, 마지막엔 항상 '여왕 폐하'라고 붙여야 해."

"저는 그냥 정원이 어떻게 생겼는지 궁금했던 것뿐이에요, 여왕 폐하."

"아주 잘했어."

붉은 여왕은 이렇게 말하며 앨리스의 머리를 쓰다듬었다. 앨리스는 여왕의 행동이 마음에 들지 않았다.

"그런데 이곳을 '정원'이라고 부르다니. 나도 정원이라는 곳을 본 적이 있는데 그곳에 비하면 여긴 황야에 불과하단다."

앨리스는 감히 여왕의 말에 반대할 수가 없었지만 말을 이었다.

"저 언덕 꼭대기로 가는 길을 찾으려다가……."

"저곳을 '언덕'이라고 부른다면."

여왕이 말허리를 잘랐다.

"진짜 언덕이 어떤 곳인지 보여주고 싶구나. 그곳을 보고 나면 여기가 골짜기에 불과하다는 걸 깨닫게 될 테지."

"아뇨, 그럴 필요는 없어요."

앨리스는 감히 여왕 폐하의 말에 반기를 들었다는 사실에 스스로 놀라서 덧붙였다.

"언덕은 절대로 골짜기가 될 수 없잖아요. 그건 말도 안 돼요."

붉은 여왕이 고개를 좌우로 흔들었다.

"정 그렇다면, '말도 안 된다'고 해도 좋아. 그런데 나도 말이 안

되는 소리를 꽤 많이 들어봤지만, 그에 비하면 이건 정말 사전에 나오는 것처럼 정확한 말이란다!"

앨리스는 다소 화가 난 듯한 여왕의 말투를 듣고 겁이 나서 다시 무릎을 굽히고 정중히 예를 갖추었다. 그리고 입도 벙긋하지 못한 채 여왕을 따라 작은 언덕 꼭대기까지 조용히 걸었다.

앨리스는 언덕 꼭대기에 서서 말없이 구석구석을 둘러보았다. 정말 신기한 나라였다. 셀 수 없이 많고 작은 개울들이 곳곳에서 직선으로 흐르고 있었고, 개울과 개울을 이어주는 많고 작은 울타리들이 땅덩어리를 정사각형으로 나누며 자라나 있었다.

"세상에, 마치 거대한 체스판 같아요!"

마침내 앨리스가 말했다.

"저기 어딘가 체스 말들이 움직이고 있을 것 같은데. 어머나, 진짜 있네요!"

앨리스는 신이 나서 덧붙였다. 그때부터 흥분해서 가슴이 두근두근 뛰기 시작했다.

"저기서 체스를 두게 되면 정말 엄청나겠는데요! 전 세계를 무대로 하는 게임이라니. 만약 여기가 진짜 현실이라면 말이에요. 와,

정말 재미있겠어요! 저도 체스판의 말들 중 하나가 될 수 있다면 얼마나 좋을까요? 폰이 된대도 상관없을 것 같아요. 기왕이면 여왕이 되면 훨씬 좋겠지만……."

앨리스는 마지막 말을 흐리며 수줍은 표정으로 여왕을 슬쩍 쳐다보았다. 다행히 붉은 여왕은 웃으며 흔쾌히 말했다.

"하나도 어려울 거 없어. 어차피 릴리는 너무 어려서 게임에 참여하지 못하니까. 원한다면 하얀 여왕 편의 폰이 될 수도 있단다. 처음엔 두 번째 칸에서 시작하면 돼. 여덟 번째 칸까지만 가면 너도 여왕이 될 수 있어."

그 후로 몇 번이나 기억을 되돌려 보았지만, 어쩌다 뜀박질을 시작하게 된 건지는 전혀 기억이 나지 않았다. 생각나는 거라고는 여왕과 손을 꼭 잡고 달렸다는 것, 그리고 여왕이 너무 빨리 달리는 통에 행여 뒤처질까 죽을힘을 다해 달렸다는 것뿐이었다. 붉은 여왕은 '더 빨리! 더 빨리!'라고 계속해서 외쳤고, 앨리스는 이보다 더 빨리 달릴 수 없다고 느꼈지만 너무 숨이 차서 그 말조차 입 밖에 내지 못했다.

그중에서도 가장 신통방통한 일은 나무들과 주변의 모든 사물들이 그 자리에 꼼짝도 하지 않고 있었다는 점이다. 아무리 죽을힘을 다해서 뛰어도 절대 지나쳐 가지 못할 것처럼.

'설마 주변이 우리를 따라서 움직이는 걸까?'

불쌍한 앨리스는 어리둥절한 기분으로 생각했다. 그러자 붉은 여왕이 앨리스의 속내를 읽기라도 한 것처럼 말했다.

"더 빨리! 괜히 말할 생각하지 말고!"

물론 앨리스가 말을 하려고 생각한 것은 아니었다. 어찌나 숨이

차던지 다시는 말을 할 수도 없을 것만 같았다. 그런데도 붉은 여왕은 계속해서 "더 빨리! 더 빨리!"라고 외치며 앨리스를 잡아끌었다.

"이제 다 왔어요?"

마침내 앨리스가 가쁜 숨을 몰아쉬며 물었다.

"다 왔어!"

붉은 여왕이 똑같이 받아쳤다.

"벌써 십 분 전에 지나쳤어! 더 빨리!"

그리고 두 사람은 아무 말 없이 계속 달렸다. 귓가를 휙휙 스치고 지나가는 거센 바람소리에 이러다 머리카락이 몽땅 뽑히는 것이 아닌가 싶은 생각이 들 지경이었다.

"좋아! 좋아!"

붉은 여왕이 외쳤다.

"더 빨리! 더 빨리!"

두 사람은 엄청난 속도로 달렸고 마치 공기를 훑고 지나가듯이 땅바닥에 발이 거의 닿지 않은 채로 미끄러졌다. 마침내 앨리스가 기진맥진해질 무렵에 갑자기 자리에 멈춰 섰다. 앨리스는 자기도 모르게, 숨이 턱까지 차오른 채로 땅바닥에 주저앉았다.

붉은 여왕은 앨리스를 나무 앞으로 데려가 등을 받쳐주고 다정한 목소리로 말했다.

"여기서 잠깐 쉬도록 해."

앨리스는 화들짝 놀라 주위를 둘러보았다.

"맙소사, 아까 그 나무 아니에요? 여긴 아까 뛰기 전이랑 똑같은 곳이잖아요."

"당연하잖아. 대체 뭘 기대한 거니?"

여왕이 대답했다.

"그게 말이죠, 제가 사는 나라에서는……."

앨리스가 애써 숨을 고르며 말을 이었다.

"방금 우리가 뛴 것처럼 오랫동안 빨리 달리면, 보통은 한참 떨어진 곳에 도착할 수 있거든요."

"느림뱅이 나라 같으니!"

여왕이 말했다.

"얘야, 너도 알다시피 이곳에서는 같은 자리에 있고 싶으면 아까처럼 빨리 달려야만 한단다. 만약 저만치 멀리 가고 싶다면 아까보다 두 배는 빨리 달려야 해."

"그렇다면 일찌감치 포기할래요!"

앨리스가 말했다.

"여기 있는 것만도 충분히 만족스러운걸요. 너무 목이 마르고 더워서 죽겠다는 것만 빼면요."

"네가 뭘 좋아할지 알아!"

붉은 여왕이 호주머니에 있던 작은 상자를 꺼내며 친절하게 말했다.

"비스킷 먹을래?"

앨리스는 전혀 먹고 싶지 않았지만, '싫어요.'라고 말하는 것은 왠지 예법에 어긋날 것 같아 비스킷을 받아 들고 열심히 오물거리며 먹었다. 비스킷이 어찌나 퍽퍽한지 난생처음

먹다가 목이 멜 것 같은 기분이었다.

"네가 기운을 차릴 동안, 나는 땅이나 측량해야겠구나."

붉은 여왕은 주머니에서 줄자처럼 숫자가 적힌 리본을 꺼내서, 근처 땅의 길이를 재보고 여기저기 작은 말뚝을 박기 시작했다.

"2미터 되는 지점에서."

붉은 여왕이 길이를 재고 말뚝을 박으며 입을 열었다.

"네가 가야 할 방향이 어딘지 알려주마. 비스킷 하나 더 줄까?"

"아니요, 전 괜찮아요. 하나만 먹어도 충분해요!"

"이제 갈증이 가셨겠지?"

여왕이 물었다.

앨리스는 뭐라고 대답해야 할지 몰라 망설였다. 다행히 여왕은 대답을 기다리지 않고 말을 이었다.

"3미터 되는 지점에서 다시 한 번 방향을 일러주마. 혹시 네가 잊어버릴까봐 걱정이 되니까. 그리고 4미터 지점에서 작별 인사를 할 거야. 5미터 되는 지점에서 나는 떠날 거고."

그 말이 끝날 때쯤, 여왕은 말뚝을 전부 박았고 앨리스는 나무까지 돌아왔다가 다시 줄지어 서 있는 말뚝을 따라 천천히 걸어가는 붉은 여왕의 모습을 흥미로운 눈으로 지켜보았다.

2미터 지점에 있는 말뚝에서 여왕이 뒤를 돌아보며 말했다.

"폰은 첫 수에서 두 칸을 움직일 수 있어. 그럼 순식간에 세 번째 칸을 지나갈 수 있단다. 아마도 기차를 타고 가게 되겠지. 그럼 곧 바로 네 번째 칸이 나올 거야. 그곳은 트위들덤과 트위들디의 영역이란다. 다섯 번째 칸은 사방이 물이고, 여섯 번째 칸은 험프티 덤프티의 영역이지. 그런데 왜 아무 말이 없는 거니?"

"그게, 잘 몰라서요. 계속 대답을 해야 하는 건지 몰랐어요."

앨리스가 더듬거리며 말했다.

"당연히 대답을 했어야지."

붉은 여왕이 근엄하게 꾸짖는 투로 대꾸했다.

"'일일이 설명해주시다니 정말 친절하시네요.'라고 말이야. 그래, 그냥 대답한 걸로 치자꾸나. 일곱 번째 칸은 사방이 숲일 거야. 하지만 기사가 정확한 길을 일러줄 거란다. 그리고 여덟 번째 칸에 도착하면, 우리는 같은 여왕이 될 테고. 그럼 즐거운 만찬을 함께 즐길 수 있을 거야!"

앨리스는 자리에서 일어나 공손히 절을 하고 다시 바닥에 앉았다.

다음 말뚝에 도착하자 여왕은 다시 고개를 돌렸고, 이번에는 이렇게 말했다.

"어떤 말을 하고 싶은데 영어가 떠오르지 않으면 프랑스어로 하면 돼. 걸어갈 때는 발가락을 바깥으로 돌리고. 네가 누군지 절대 잊어선 안 돼!"

그리고 앨리스가 절을 하기도 전에 다음 말뚝으로 재빨리 걸어가

더니, 고개를 뒤로 돌리고 "그럼 잘 가거라." 말하고는 순식간에 마지막 말뚝으로 사라져 버렸다.

대체 어찌 된 일인지 앨리스는 알 수 없었지만, 붉은 여왕이 마지막 말뚝에 다다르는 순간 흔적도 없이 눈앞에서 사라졌다. 하늘로 솟았는지, 아니면 숲 속으로 사라진 건지 도대체 알 길이 없었다. 정말 이해가 되지 않았다. 하지만 붉은 여왕이 사라진 것은 분명한 사실이었고, 앨리스는 이제부터 자신이 폰이 되고 곧 다음 칸으로 이동해야 한다는 것을 머릿속에 떠올렸다.

ONE WAY
QUEEN OF THE ROAD
TOW WAY ZONE
5
4
3

03

거울 나라의 곤충 친구들

당연히 가장 먼저 해야 할 일은 앞으로 여행할 나라를 샅샅이 조사하는 것이었다.

"지리 공부하는 거랑 똑같다고 보면 돼."

앨리스는 조금이라도 멀리 살펴보고 싶어서 까치발을 들었다.

"주요한 강들이 하나도 없네. 주요한 산들은 내가 지금 서 있는 산뿐인 것 같은데, 특별히 이름은 없는 것 같고. 주요한 마을들은……. 저기 아래쪽에서 꿀을 만들고 있는 생물들은 뭘까? 꿀벌 같지는 않아. 1.6킬로나 떨어진 곳에서 꿀벌을 볼 수 있는 사람은 절대로 없을 테니까."

앨리스는 잠시 동안 그 자리에 조용히 서서, 꽃들 사이에 코를 박고 북적거리는 생물들 중 하나를 물끄러미 바라보았다.

'진짜 꿀벌 같은데.'

앨리스는 속으로 생각했다.

하지만 보통 꿀벌이 아니었다. 사실 그 생물은 바로 코끼리였다! 그 사실을 알아챈 순간, 앨리스는 숨이 턱 막혔다. 잠시 후 앨리스는 '그렇다면 저 꽃들이 엄청나게 큰 것이겠구나.'라고 생각했다.

"지붕을 벗긴 오두막에 줄기를 받쳐놓은 것 같아. 코끼리들이 꿀을 모았다면, 그 양도 엄청나겠어! 당장 내려가 봐야겠어. 아니다, 아직 안 돼."

앨리스는 금방이라도 언덕을 뛰어 내려가려다 멈춰 섰다. 그러고는 왜 갑자기 겁을 집어먹은 것인지 그럴싸한 핑계를 찾아보려고 애썼다.

"먼저 저 코끼리들을 몰아낼 긴 나뭇가지부터 찾아야지, 안 그랬다간 큰일 나. 누군가 산책하는 기분이 어떠냐고 물어보면 얼마나 짜릿할까? '물론이지. 내가 산책하는 걸 얼마나 좋아한다고!'라고 살짝 머리를 치켜들며 말하는 거야. 워낙 먼지가 많고 후텁지근한 데다 코끼리들이 번잡하게

구는 것만 빼고는 뭐! 그냥 다른 길로 내려가는 게 나을 것 같아."

잠시 후 앨리스가 다시 말했다.

"코끼리들이 모인 곳에는 나중에 가도 되잖아. 게다가 지금은 세 번째 칸에 가고 싶어 죽겠는걸!"

앨리스는 애써 핑계를 대고는 언덕을 뛰어 내려가 여섯 개울 중에서 첫 번째 개울을 폴짝 뛰어넘었다.

"차표 준비해주세요!"

차장이 창문 너머로 고개를 불쑥 들이밀었다. 순식간에 승객들이 자기 몸만 한 크기의 차표를 들이밀었고 객차 안이 온통 차표들로 가득 찬 것 같았다.

"자, 이제 네 차례야! 차표 보여줘, 꼬마야."

차장은 으르렁거리는 소리로 다그쳤다. 그리고 엄청나게 많은 목소리들이 동시에 쏟아졌다. 앨리스는 '합창이라도 하는 것 같아.' 하고 생각했다.

"꼬마야! 차장을 기다리게 하면 안 돼. 차장의 일 분은 천 파운드의 가치가 있는 거라고!"

"죄송한데요, 전 차표가 없어요."

앨리스가 잔뜩 겁에 질려 대답했다.

"제가 탄 곳에는 매표소가 없었거든요."

그러자 엄청나게 많은 목소리들이 또다시 합창하듯 말했다.

"저 꼬마가 탄 곳에는 매표소가 없었대. 거기 땅은 일 센티미터에 천 파운드 가치가 있나봐."

"괜히 변명하지 마."

차장이 몰아쳤다.

"그럼 기관사한테서라도 샀어야지."

또다시 합창이 이어졌다.

"기차를 운전하는 기관사가 증기 한 번 뿜는 데 천 파운드의 가치가 있지!"

'말을 해도 소용이 없잖아.'

앨리스는 속으로 생각했다. 이번에는 아무 소리도 내지 않아서 합창하는 목소리가 들리지 않았다. 너무 놀랍게도 말이 아닌 생각으로 합창을 하고 있었다.

'그럼 아무 말도 안 하는 게 낫지. 말 한 마디에 천 파운드의 가치가 있으니까!'

앨리스는 속으로 생각했다.

'아무래도 오늘 밤에는 천 파운드 꿈을 꿀 것 같아. 분명해.'

그사이 차장은 앨리스를 빤히 쳐다보고 있었다. 맨 처음에는 망원경으로, 다음에는 현미경으로, 그리고 오페라 볼 때 쓰는 쌍안경으로. 마침내 차장은 "넌 완전 반대 방향으로 가고 있어."라고 말하고는 창문을 닫더니 저만치 가버리는 것이었다.

"아무리 어린 꼬마라도."

앨리스의 반대편에 앉아 있던 신사가 입을 뗐다. 그는 하얀색 종이옷을 입고 있었다.

"자기가 가는 길은 똑바로 알고 있어야지. 자기 이름은 모르더라도 말이다!"

하얀 종이옷을 입은 신사 옆에 앉아 있던 염소가 눈을 지그시 감고 큰 소리로 말했다.

"아무리 그래도 매표소에 가는 길은 알아야지. 자기 이름은 못 쓰더라도!"

객차 안은 온통 이상한 승객들 투성이었다. 염소 바로 옆에는 딱정벌레가 앉아 있었고, 마치 차례대로 한 마디씩 해야 한다는 규칙이라도 정해진 것처럼 말을 이어갔다.

"저 꼬마는 여기서 수화물로 돌아가야 해!"

앨리스는 딱정벌레 옆에 뭐가 있는지 볼 수 없었지만, 잔뜩 쉰 소리는 들을 수 있었다.

"다른 기차를 타야지……."

메마른 기침과 함께 목소리가 끊어졌다.

'보아하니 말 소리 같은데.'

앨리스는 생각했다. 그때 귓가에 모깃소리처럼 작은 소리가 들려왔다.

"'말 소리'와 '쉰 소리'로 재미있는 말장난을 해줘."

('말'은 'horse'이고 '쉰 소리'는 'hoarse'이다: 옮긴이)

그때 저만치서 부드러운 목소리가 들려왔다.

"수화물 딱지 대신, '여자아이, 취급주의'라고 붙여서 보내야 해."

그 뒤로 다른 목소리들이 앞다투어 이어졌다. 이때 앨리스는 '대체 이 객차 안에 몇이나 탄 거야?'라고 생각했다.

"우편으로 보내야 해. 큰 머리가 달렸잖아."

"전보로 보내야 해."

"저 꼬마더러 목적지까지 기차를 끌고 가라고 해."

그러자 하얀 종이옷을 입은 신사가 고개를 숙이더니 앨리스의 귓가에 속삭였다.

"남들이 뭐라고 하건 신경 쓰지 마, 꼬마야. 하지만

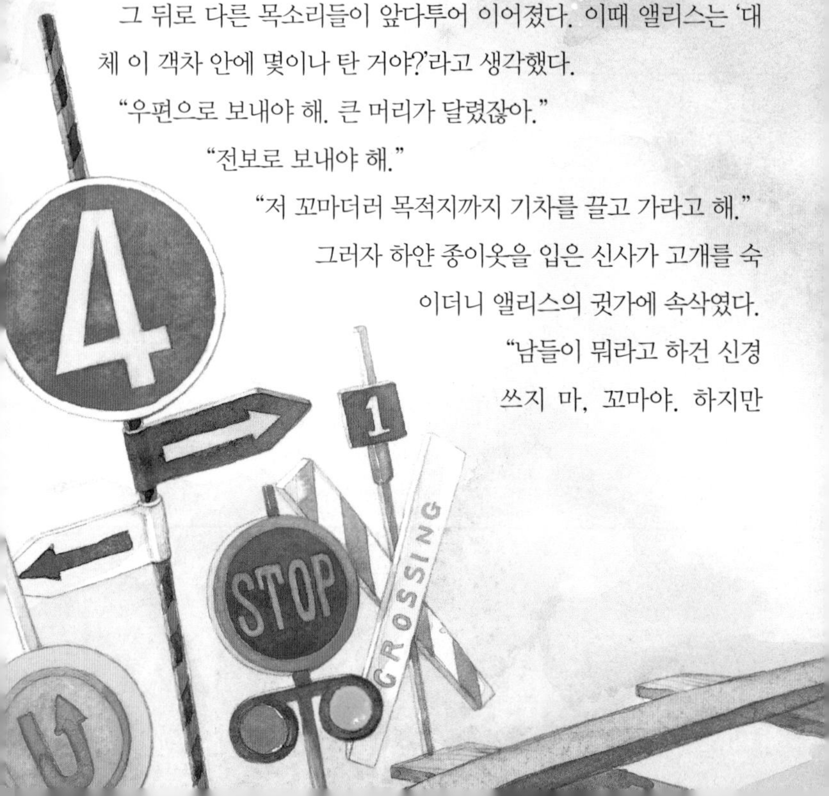

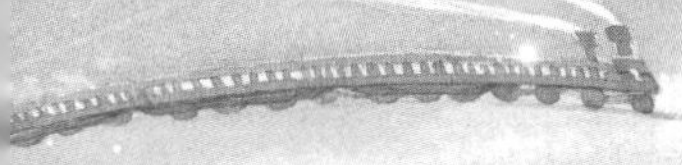

기차가 멈출 때마다 돌아가는 표는 반드시 사도록 해라."

"싫다니까요!"

앨리스는 참다못해 소리쳤다.

"전 애초에 기차를 타고 여행할 생각이 없었다고요! 방금 전까지 숲 속에 있었어요. 갈 수만 있다면 갈 거예요!"

"그것으로도 말장난을 할 수 있겠어. 이번엔 '갈 수만 있다면 갈 거예요.'로 말장난을 해주지 않겠어?"

작은 목소리가 앨리스의 귓가에 대고 말했다.

"제발 쓸데없는 소리 좀 그만해."

앨리스는 어디서 그 소리가 들리는지 찾으려고 애썼지만 허사였다.

"그렇게 말장난이 하고 싶으면 직접 하지 그래?"

작은 목소리가 깊은 한숨을 내쉬었다. 누가 들어도 불행한 모양이었다. 만약 다른 사람들처럼 한숨을 크게 쉬었다면,

앨리스는 뭔가 위로의 말을 던졌을 것이다. 하지만 그 한숨 소리는 겨우 귀에 들릴 정도여서, 귓가에 바짝 대고 하지 않았다면 절대로 듣지 못했을 것이다. 게다가 그 작은 한숨 소리가 앨리스의 귓가를 어찌나 간질이던지, 앨리스는 그 불쌍한 생물이 불행한지 아닌지 생각해볼 여유조차 없었다.

"난 네가 친구라는 걸 알아. 소중한 친구. 그리고 내가 곤충이라고 해도, 너는 날 해치려고 들지 않을 거야."

그 작은 목소리가 말했다.

"어떤 곤충인데?"

앨리스가 다소 걱정스러운 말투로 물었다. 사실 진짜 궁금했던 것은 벌처럼 쏘는 곤충인가 하는 것이었지만, 대놓고 물어보는 것은 예의가 아닌 것 같아 애써 돌려 물었다.

"뭐라고? 그렇다면 너는……."

작은 목소리가 대답을 시작했지만 때마침 엔진에서 시끄러운 소리가 들리는 통에 뒷말이 묻혀버렸고, 앨리스를 포함해 모든 승객들이 놀라 자리에서 펄쩍 뛰어올랐다.

말 한 마리가 창문 밖으로 고개를 쑥 내밀었다가 다시 안쪽으로 고개를 돌리며 설명했다.

"개울이 나와서 잠깐 뛰어넘었던 것뿐이야."

모두들 말의 설명을 듣고 안심하는 것 같았지만 앨리스는 기차가 개울을 뛰어넘었다는 이야기를 듣고 왠지 모르게 불안해졌다.

"그래도 이걸 타면 네 번째 칸으로 갈 수 있을 테니 다행이야."

앨리스가 혼잣말을 중얼거렸다. 다음 순간 기차가 하늘 높이 날아오르는 느낌이 들었고 겁에 질린 앨리스는 눈앞에 보이는 데다 손을 뻗었다. 그건 다름 아닌 염소의 수염이었다.

하지만 염소의 수염에 손이 닿는 순간 수염이 눈처럼 녹아 없어지는 것 같더니, 어느새 앨리스는 나무 아래 조용히 앉아 있는 것이었다. 그리고 방금 전까지 앨리스에게 말을 걸었던 각다귀가 앨리스의 머리 위로 늘어진 나뭇가지에 균형을 잡고 앉아서 열심히 날갯짓을 하며 부채를 부쳐주고 있었다.

각다귀는 엄청나게 컸고, 앨리스는 닭만큼 큰 것 같다고 생각했다. 그래도 오랫동안 이야기를 나눠서인지 별로 불안하지는 않았다.

"그렇다면 너는 모든 곤충들을 좋아하지는 않는 거야?"

각다귀가 아무 일도 없었다는 듯 매우 조용하게 말을 이었다.

"난 말을 할 줄 아는 곤충이 좋아. 내가 온 곳에서는 곤충들이 말을 하지 못했거든."

앨리스가 대답했다.

"거기서는 어떤 종류의 곤충을 제일 좋아했는데?"

"사실 아무 곤충도 좋아하지 않았어."

앨리스는 설명을 이어나갔다.

"조금 무서웠거든. 적어도 큰 곤충들은 무서웠어. 하지만 곤충들 이름은 몇 개 말해줄 수 있어."

"당연히 그 곤충들도 이름을 부르면 대답하겠지?"

각다귀가 시큰둥하게 말했다.

"그건 전혀 모르겠어."

"이름을 불러도 대답을 하지 않는다면, 그 곤충들에게 이름이 있어봤자 무슨 필요가 있어?"

각다귀가 되물었다.

"당연히 필요 없겠지."

앨리스가 말했다.

"하지만 그 곤충들에게 이름을 붙여준 사람에게는 필요한 것 같아. 그렇지 않다면 모든 사물에 이름이 붙어 있을 이유가 없잖아?"

"흠, 나야 모르지."

각다귀가 말했다.

"저만치 떨어진 숲 속에 사는 곤충들은 이름이 없어. 그래도 네가 아는 곤충들 이름을 얘기해봐. 시간 낭비하지 말고."

"글쎄, 일단 말파리가 있고……."

앨리스가 손가락을 하나씩 꼽으며 이름을 대기 시작했다.

"좋아."

각다귀가 계속 대답했다.

"저쪽 수풀 중간쯤을 잘 보면 흔들목마 말파리를 볼 수 있을 거야. 흔들목마 말파리는 온몸이 나무로 되어 있는데, 앞뒤로 몸을 흔들면서 가지에서 가지로 돌아다니지."

"뭘 먹고사는데?"

앨리스가 궁금해 죽겠다는 듯 물었다.

"수액이랑 톱밥을 먹지. 아는 곤충 이름이나 계속 말해봐."

앨리스는 흥미에 가득 차서 나뭇가지에 있는 흔들목마 말파리를 유심히 쳐다보았다. 그리고 온몸이 끈적거리고 선명한 색을 띠는

것을 보아하니, 최근에 새로 칠을 한 게 분명하다고 결론지었다. 앨리스는 계속해서 곤충 이름을 말했다.

"그리고 잠자리도 있어."

"머리 위에 나뭇가지를 봐."

각다귀가 말했다.

"거기에 '스냅 드래곤' 잠자리가 보일 거야. 몸은 건포도 푸딩으로 만든 거고, 날개는 호랑가시나무 이파리, 머리는 브랜디를 부어 불에 태운 건포도로 되어 있어."

(브랜디에 건포도를 넣고 불을 붙여서 먹는 놀이인 '스냅 드래곤'과 이름이 같아 말장난을 하는 상황이다: 옮긴이)

"재는 뭘 먹고살아?"

앨리스가 다시 물었다.

"우유 밀죽이랑 다진 고기 파이."

각다귀가 계속 대답했다.

"그리고 크리스마스 선물 상자 안에 둥지를 틀고 살아."

"저기 나비도 있네."

앨리스는 머리에 불이 붙은 곤충을 자세히 살펴보며 혼자 생각에 잠겼다.

'곤충들이 촛불로 덤비는 이유가 이런 것 때문인가봐. 다들 그 잠자리처럼 되고 싶어서!'

"네 발밑으로 기어 다니는 애는……."

각다귀가 입을 열었다. 앨리스는 놀라서 발을 쏙 뺐다.

"그건 버터 빵 나비인데. 날개는 버터를 바른 얇은 빵이고 몸통은 빵 껍질, 머리는 각설탕이야."

"애는 뭘 먹고살아?"

"크림을 넣은 연한 차."

순간 앨리스의 머릿속에 의문이 생겼다.

"그걸 못 찾으면?"

"그럼 당연히 죽겠지."

"그런 일이 자주 일어나겠구나."

앨리스가 사려 깊은 목소리로 대답을 건넸다.

"항상 있는 일이야."

각다귀가 말했다.

대화가 끝나자 앨리스는 잠시 깊은 생각에 잠겼다. 그동안 각다귀는 즐거운 듯 콧노래를 흥얼거리며 앨리스의 머리 주변을 빙빙 돌고 있었다. 마침내 각다귀는 다시 나뭇가지에 내려앉아 말했다.

"넌 이름을 잃고 싶지 않은 것 같은데?"

"물론 싫지."

앨리스가 근심에 가득 차서 대답했다.

"글쎄, 난 잘 모르겠어."

각다귀가 무심한 투로 대꾸했다.

"이름 없이 집에 돌아가면 얼마나 편해질지 생각해봐. 가령 가정 교사가 공부를 하자고 널 부르려다가도, '이리 와야지.'라고 한 다음에 이름을 부르지 못하고 주저하겠지. 이름이 없으니 뭐라고 부를지 모를 테고 그럼 너는 공부를 하러 갈 필요가 없잖아."

"내가 확신하건데, 절대 그럴 일은 없을 거야."

앨리스가 단호하게 말했다.

"그런 이유 때문에 수업을 안 해도 된다고 생각할 리가 없잖아. 혹시 내 이름이 기억나지 않으면 우리 집에서 일하는 하인들처럼 나를 '미스miss'라고 부를 테니까."

"흠, 너를 '미스'라고 부르면 대답을 하지 말아봐. 그럼 수업을 '미스'할 수 있게 되잖아."

각다귀가 말했다.

"말장난한 거야. 너도 같이 즐기면 좀 좋을 텐데."

각다귀는 곧이어 큰 한숨을 내쉬었다. 그런데 닭똥 같은 눈물이 두 뺨을 타고 흘러내렸다.

"말장난을 하고도 그렇게 슬퍼할 거면, 다시는 하지 마."

앨리스가 말했다.

다시 한 번 작고 침울한 한숨 소리가 이어졌다. 앨리스가 고개를 들어보니 나뭇가지 위는 텅 비어 있었고, 이번에는 불쌍한 각다귀가 한숨 소리에 실려 저만치 날아가 버린 모양이었다. 그렇게 한참을 나무 밑에 가만히 앉아 있던 앨리스는 온몸이 으슬으슬 추워져서 다시 일어나 걷기 시작했다.

잠시 후, 앨리스는 반대쪽으로 숲이 늘어선 커다란 공터에 도착했다. 저번에 봤던 숲보다 훨씬 어둑해 보여서 앨리스는 선뜻 들어가지 못하고 겁에 질려 있었다. 하지만 생각을 고치고 계속 가보기로 결심했다.

"어차피 다시 돌아갈 수도 없잖아."

그 길은 여덟 번째 칸으로 가는 유일한 길이었다.

"여기가 그 숲인가봐."

앨리스는 깊은 생각에 잠겨 혼잣말을 중얼거렸다.

"사물에 이름이 없다는 곳. 저기 가면 내 이름은 어떻게 될까? 난 내 이름을 잃고 싶지 않은데. 그럼 다른 이름을 얻게 될 텐데, 분명 이상한 이름일 거야. 하지만 옛날 내 이름을 가지게 된 생물을 찾아보는 것도 꽤 재미있는 일이겠어!

사람들이 키우던 개를 잃어버리고 광고를 내는 거랑 비슷할 거야. 맞아……. '대쉬라고 부르면 대답함. 쇠로 된 목걸이 착용' 같은 광고 말이야. '앨리스'라고 부르면 대답을 하는 생물을 찾으려고 누굴 만날 때마다 이름을 부른다고 생각해봐! 물론 영리한 생물이라면 절대로 대답을 하지 않겠지."

한참 혼잣말을 하며 걷다 보니 어느새 숲에 도착해 있었다. 그곳은 매우 시원하고 어두운 그늘이 져 있었다.

"어쨌거나 다행이잖아."

앨리스가 나무 아래쪽으로 걸어가며 중얼거렸다.

"더운 데서 고생하다가 여기, 여기, 여기가 어디더라?"

앨리스는 아무 단어도 떠오르지 않아서 깜짝 놀랐다.

"그러니까 여기가, 뭐 아래였지? 이게 뭐더라!"

그리고 나무둥치에 손을 대고 말을 이었다.

"이걸 뭐라고 부르더라? 이름이 없나봐. 그 말이 사실이었나봐!"

앨리스는 잠시 생각에 잠긴 채 서 있다가 다시 말을 시작했다.

"맞아, 결국 그 일이 벌어지고야 만 거야! 그렇다면 나는 누구인 걸까? 어떻게든 기억해내고 말겠어! 반드시 해내고야 말 거라고!"

하지만 굳은 결심을 해봐도 큰 도움이 되지 않았다. 한참 주저한 끝에 입 밖으로 나온 말이라곤 고작 이것뿐이었으니까.

"그래, '앨'로 시작하는 말인 건 확실해!"

바로 그때, 아기 사슴 한 마리가 앨리스 쪽으로 어슬렁거리며 다가오더니 커다란 눈으로 빤히 쳐다보는 것이었다. 놀라거나 겁먹은 기색은 전혀 없었다.

"이리 온, 착하지!"

앨리스는 사슴을 쓰다듬으려고 손을 뻗었다. 하지만 아기 사슴은 살짝 뒤로 물러서서, 초롱초롱한 눈망울로 앨리스를 바라보았다.

"너는 이름이 뭐야?"

마침내 아기 사슴이 입을 뗐다. 정말 부드럽고 달콤한 목소리였다.

'나도 내 이름을 알고 싶어!'

앨리스는 이렇게 생각하며 구슬픈 목소리로 답했다.

"지금은 이름이 없어."

"그런 게 어딨어. 다시 생각해봐."

앨리스는 생각하려 애썼지만 아무것도 떠오르지 않았다.

"네 이름부터 말해줄래? 그러면 조금 도움이 될 것도 같아."

앨리스가 소심해져서 말했다.

"조금만 더 걸어가서 얘기해줄게."

아기 사슴이 말했다.

"여기서는 나도 기억이 나지 않거든."

그래서 둘은 숲을 따라서 함께 걸어갔다. 또 다른 공터가 나올 때까지, 앨리스는 아기 사슴의 포근한 목덜미를 다정하게 꼭 안고 있었다. 공터에 이르자 아기 사슴이 공중으로 폴짝 뛰어오르더니 버둥거리며 앨리스의 품에서 벗어났다.

"난 아기 사슴이야!"

아기 사슴이 환희에 찬 목소리로 말했다.

"세상에, 넌 인간 꼬마잖아!"

순간 아기 사슴은 놀란 눈빛으로 앨리스를 바라보더니 곧바로 확 달아나 버렸다.

앨리스는 얼이 빠진 채 아기 사슴의 뒷모습을 멍하니 지켜보았다. 함께 걷던 친구를 갑자기 잃었다고 생각하니 안타까워서 눈물이 핑 돌았다.

"그래도 내 이름은 알게 됐잖아. 괜찮아. 앨리스……. 다시는 잊지 않을 거야. 그런데 이제 어느 표지판을 따라가야 하는 걸까?"

그리 어려운 질문은 아니었다. 숲으로 이어지는 길은 하나뿐이었고 표지판 두 개가 모두 똑같은 길을 가리키고 있었기 때문이다.

"만약 길이 두 갈래로 나뉘고 표지판이 서로 다른 곳을 가리키고 있다면, 그때 제대로

고민해봐야겠어."

앨리스가 중얼거렸다. 하지만 그런 일은 일어나지 않았다. 한참 동안 길을 걸어갔지만, 길이 나뉠 때마다 두 개의 표지판이 모두 같은 방향을 가리키고 있었다. 하나는 '트위들덤의 집으로', 또 다른 하나는 '트위들디의 집으로'였다.

"아, 맞다. 둘이 같은 집에 사는 거구나!"

앨리스가 마침내 결론을 내렸다.

"그걸 눈치 채지 못하다니. 물론 그 집에 오래 머무를 수는 없겠지. 잠깐 들러서, '안녕' 인사나 하고 숲에서 나가는 길이 어디인지 물어봐야겠어. 깜깜해지기 전에 여덟 번째 칸에 가야 하는데!"

앨리스는 계속 혼잣말을 하며 걸음을 옮겼다. 그러다 가파른 모퉁이를 돌아서자마자 작고 뚱뚱한 두 남자와 마주쳤다. 앨리스는 너무 놀란 나머지 뒷걸음질을 치다가, 이윽고 정신이 번쩍 들면서 그들이 바로 트위들덤과 트위들디라는 생각이 났다.

04

트위들덤과 트위들디

두 사람은 나무 아래 서서 어깨동무를 하고 있었다. 한 명은 옷깃에 '덤', 또 한 명은 '디'라고 적혀 있어서 앨리스는 곧바로 누가 누군지 알 수 있었다.

"분명 옷깃 뒤편에 '트위들'이라고 적혀 있겠지."

앨리스는 혼잣말을 했다.

둘 다 얼음처럼 굳어져 있어 앨리스는 그들이 살아 있다는 사실조차 깜빡 잊고, 옷깃 뒤쪽에 정말 '트위들'이라고 적혀 있는지 확인하려고 했다. 그러다 '덤'이라고 적힌 쪽에서 목소리가 들리자 앨리스는 화들짝 놀랐다.

"우릴 밀랍인형으로 착각한 거라면, 관람료부터 내야지. 밀랍인

형을 공짜로 보여주는 법은 없으니까. 절대로!"

'디'라고 적힌 사람이 말했다.

"반대로 살아 있는 사람이라고 생각했다면 말부터 걸어야지."

"정말 미안해요."

앨리스는 그 말밖에 할 수 없었다. 순간 시곗바늘이 째깍째깍하는 것처럼 옛날 노래 가사가 머릿속에서 맴돌기 시작했기 때문이다. 하마터면 그 노래를 큰 소리로 중얼거릴 뻔했다.

트위들덤과 트위들디는
한판 붙기로 했어.
트위들덤이 말하기를

트위들디가 멋진 새 딸랑이를 망가뜨렸대.

바로 그때, 타르 통처럼 새카맣고
괴물 같은 까마귀가 날아왔어.
두 영웅들은 화들짝 놀라서
한판 붙는 것도 잊어버렸어.

"지금 무슨 생각하는지 알아."
트위들덤이 말했다.
"하지만 절대 그렇지 않아. 절대로."
"반대로."
트위들디가 끼어들었다.
"어쩌면 그럴 수도 있어. 만약 그게 맞다면 그럴 수도 있어. 하지만 그렇지 않으니까 아닌 거야. 그것이 논리란 거야."
"제가 생각했던 건……."
앨리스가 매우 공손히 대답했다.
"어떻게 하면 이 숲에서 빠져나갈 수 있을까 하는 거였어요. 점점 어두워지고 있어서요. 실례지만 길 좀 여쭤봐도 될까요?"
하지만 땅딸막한 두 남자는 서로를 보며 히죽거리기만 했다.
두 사람은 영락없는 한 쌍의 덩치 좋은 초등학생처럼 보였고, 앨리스는 자기도 모르게 손가락으로 트위들덤을 가리키며 외쳤다.

"첫 번째 학생!"

"절대 아니거든!"

트위들덤이 씩씩하게 외치고는 입을 딱 다물었다.

"다음 학생!"

앨리스는 손가락으로 트위들디를 가리키며 외쳤다. 이번에도 '반대로!'라는 대답이 돌아올 거라 예상한 대로 트위들디가 대답했다.

"반대로!"

"시작부터가 틀렸잖아!"

트위들덤이 버럭 외쳤다.

"남의 집에 찾아왔으면, 먼저 '처음 뵙겠습니다.'라고 인사하고 악수부터 해야지!"

형제는 서로 포옹을 했고 각자 한쪽 팔을 내밀어 악수를 청했다.

앨리스는 선뜻 악수에 응하지 못했다. 어느 한 쪽 손을 먼저 잡았다가는 혹여 나머지 사람의 기분을 상하게 할지도 몰라 두려웠기 때문이다. 그래서 최선의 방법으로 둘의 손을 동시에 잡아 버렸다.

다음 순간 셋은 손을 잡고 둥글게 돌며 춤을 추기 시작했다. 너무 자연스럽게 벌어진 일이라 어디선가 음악 소리가 흘러나오는데도 전혀 놀랍지 않았다. 그 소리는 세 사람이 춤을 추던 나무 아래서 흘러나왔고, 마치 바이올린과 활이 맞닿는 것처럼 나뭇가지들이 서로 몸을 문지르면서 만들어냈다.

"얼마나 재미있었다고!"

(나중에 앨리스가 언니에게 자신의 무용담을 털어놓을 때 이렇게 말했다. "'빙글빙글, 빙글빙글, 다 함께 뽕나무를 돌자.'라고 노래까지 했다니까. 언제부터 노래를 했는지 모르겠는데, 아무튼 꽤 오랫동안 그렇게 노래를 불렀던 것 같아!")

트위들덤과 트위들디는 뚱뚱한 편이라 금세 지쳐 버렸다.

"춤 한 번에 네 바퀴 도는 걸로 충분해."

트위들덤이 헐떡거리며 말했고, 처음 춤을 추기 시작했던 것처럼 곧바로 춤을 멈추었다. 음악 소리도 동시에 그쳤다.

그리고 두 사람은 앨리스의 손을 놓고 잠시 동안 물끄러미 쳐다보기만 했다. 방금까지 함께 춤을 추던 사람들과 어떻게 대화를 시작해야 할지 몰라 앨리스도 어색하게 가만히 서 있었다.

"이제 와서 '처음 뵙겠습니다' 할 수도 없고. 여하튼 그런 인사를 할 사이는 넘어선 것 같은데!"

앨리스는 혼자 중얼거렸다.

"많이 힘들지 않았으면 좋겠는데요."

앨리스가 마침내 말했다.

"절대 아니야. 신경 써줘서 고마워."

트위들덤이 말했다.

"정말 고맙구나!"

트위들디가 입을 뗐다.

"시 좋아하니?"

"그럼요. 어떤 시들은 정말 좋아해요."

앨리스가 우물거리며 대답했다.

"숲에서 나가려면 어디로 가야 하는지 알려주실 수 있나요?"

"어떤 시를 들려줄까?"

트위들디가 앨리스의 질문을 못 들은 척하며 사뭇 진지한 눈으로 트위들덤을 돌아보며 말했다.

"〈바다코끼리와 목수〉가 제일 긴 시잖아."

트위들덤이 애정을 듬뿍 담아 형제를 껴안으며 말했다. 트위들덤이 곧바로 시를 읊기 시작했다.

태양이 반짝거리며…….

순간 앨리스가 용기를 내어 끼어들었다.

"굉장히 긴 시인가 봐요. 괜찮으시다면 길부터 가르쳐주실 수 있을까요?"

앨리스는 최대한 공손하게 말했다.

트위들디는 친절하게 웃어 보이고 다시 시를 읊어나갔다.

태양이 반짝거리며
온 힘을 다해 바다를 비추네.
거대한 물결이 부드럽고 반짝이도록
온 힘을 다해 평온히 비추네.
정말 이상한 일이었어.
왜냐면 어두운 한밤중이었거든.

달이 심술궂게 반짝였어.
낮이 저문 지 오래인데
태양이 그곳에 나와서
반짝이면 안 되는 거잖아.
"정말 무례하군, 이 밤에 나와

내 재미를 망치다니!"
달이 말했어.

바다는 온통 축축하게 젖었고
모래는 바짝 말라붙어 있었어.
구름도 한 조각 보이지 않았어.
하늘에 구름이 떠 있지 않았거든.
머리 위로 나는 새도 없었어.
날아다니는 새가 없었으니까.

바다코끼리와 목수가
나란히 걷고 있어.
어마어마한 모래를 보며
함께 구슬피 울었지.
"저 모래를 깨끗하게 치울 수 있다면
정말 좋을 텐데!"
둘은 말했어.

"하녀 일곱 명이 빗자루 일곱 개로
반년간 청소를 하면 어떨까?"

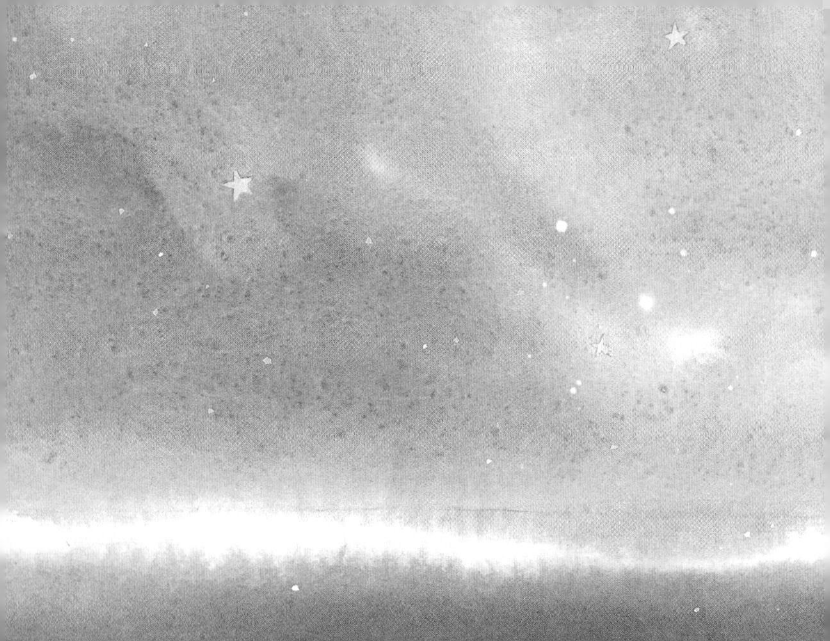

바다코끼리가 말했지.
"그래도 힘들걸."
목수가 대답했어.
그리고 쓰디쓴 눈물을 흘렸지.

오, 굴들아! 이리 와, 함께 걷자꾸나!
바다코끼리가 간절히 외쳤어.
"바닷가를 따라 걸으면서

즐거운 얘기, 즐거운 산책을 하자.
비록 우리 손이 네 개뿐이라
서로서로 손잡고 걷진 못하겠지만."

가장 나이 든 굴이 바다코끼리를 보았지만
아무 말도 하지 않았어.
가장 나이 든 굴은 한쪽 눈을 깜빡이고
무거운 머리를 가로저었어.
굴 양식장을 떠나지 않겠다는
자신의 뜻을 전하려는 거였어.

하지만 어린 굴 넷은 서둘러서
초대에 응하려고 했지.
외투를 털어내고 얼굴을 씻고
신발도 깔끔하고 말끔히 손질했어.
정말 이상한 일이었어.
왜냐면 굴은 발이 없으니까.
다른 굴 넷도 따라나섰어.
그리고 또 다른 굴 넷도 뒤따랐어.
그렇게 끝도 없이 굴들이 모여들었지.

점점 더 많이, 더 많이, 더 많이…….
물거품이 이는 파도를 폴짝 뛰어넘어
바닷가로 기어 올라왔어.

바다코끼리와 목수는
일 킬로미터쯤 걷다가
몸을 낮추고
바위에 기대어 쉬었어.
어린 굴들은
나란히 서서 기다렸지.

"드디어 때가 됐어."
바다코끼리가 말했어.
"많은 것들을 이야기할 때야.
신발, 배들, 봉랍,
양배추, 그리고 왕들에 대해서.
왜 바다가 뜨겁게 끓어오르는지.
돼지에게 날개가 있는지 없는지."

"잠시만요."

굴들이 말했어.
"숨이 차서 힘든 친구들이 있으니
잠깐만 쉬어요, 우린 뚱뚱하거든요!"
"급할 건 없어!"
목수가 말했어.
어린 굴들은 무척 고마워했지.

"빵 한 덩이가 있다면 좋겠어."
바다코끼리가 말했어.
"거기에 후추랑 식초까지 있다면
더 좋을 텐데.
어린 굴들아, 이제 준비가 됐으면
식사를 시작하고 싶은데."

"설마 우릴 먹는 건 아니겠죠!"
새파랗게 질린 굴들이 외쳤어.
"친절하게 굴다가 이제 와서
그런 끔찍한 일을 하면 안 되죠!"
"밤이 밝군."
바다코끼리가 말했지.

"경치가 아름답지 않니?"

"이렇게 나와줘서 고마워!
너희들은 정말 착한 것 같아!"
목수는 이 말밖에 하지 않았어.
"한쪽만 더 잘라주지 않겠니?
귀가 아주 멀지 않았길 바라.
두 번씩 말하기 힘드니까!"

"어린 굴들을 속이자니."
바다코끼리가 말했어.
"너무 부끄러운 일 같아.
바다에서 멀리까지 끌고 나와
종종 걸음으로 따라오게 만들었잖아!"
목수는 이 말밖에 하지 않았지.
"버터를 너무 잔뜩 발랐어."

"너희들이 불쌍해서 눈물이 난다."
바다코끼리가 말했어.
훌쩍거리고 눈물을 뚝뚝 흘리며

제일 큰 놈들만 골라냈지.
손수건을 꺼내서
뜨거운 눈물을 훔쳐내면서.

"오, 굴들아."
목수가 말했어.
"달리기 한판 재미있게 했지?
다시 집으로 돌아가는 게 어때?"
하지만 아무 대답도 없었어.
전혀 이상할 게 없었지.
왜냐면 전부 먹어 치웠으니까.

"바다코끼리가 제일 마음에 들어요."
앨리스가 말했다.
"그래도 어린 굴들한테 미안한 마음은 갖고 있잖아요."
"하지만 목수보다 굴을 더 많이 먹었어."
트위들디가 말했다.
"굴을 얼마나 먹었는지 들키지 않으려고 손수건으로 입을 가리고 있었잖아. 정반대라고."
"정말 치사하네요!"

앨리스가 화난 목소리로 말했다.

"그럼 목수가 더 좋아요. 바다코끼리보다 많이 먹지 않았다면요."

"하지만 목수도 배가 터지도록 먹었는걸."

트위들덤이 말했다.

매우 어려운 문제였다. 잠시 후 앨리스가 대답했다.

"그렇다면 둘 다 마음에 들지 않네요."

그때 바로 옆 숲 속에서 커다란 증기 기관차가 내뿜는 기적 소리처럼 요란한 굉음에 놀라서 말을 멈추었다. 앨리스는 혹시 야생동물의 소리인가 싶어 겁을 잔뜩 먹었다.

"혹시 근처에 사자나 호랑이가 있나요?"

겁에 질린 앨리스가 물었다.

"저건 붉은 왕이 코 고는 소리일 뿐이야."

트위들디가 말했다.

"우리 가서 구경하자!"

두 형제가 외쳤고, 양쪽에서 앨리스의 손을 붙잡고 왕이 잠든 곳으로 향했다.

"사랑스러운 모습 아니니?"

트위들덤이 말했다.

차마 앨리스는 그리 보기 좋은 장면은 아니라고 솔직히 말할 수가 없었다. 붉은 왕은 풍성한 술이 달린 뺄겋고 커다란 수면 모자를

쓰고 지저분하기 짝이 없는 짚더미에 웅크린 채로 드르렁드르렁 코를 골고 있었다.

“코 고는 소리에 머리가 날아가겠어!”

트위들덤이 콕 집어 말했다.

“축축한 짚더미에서 자다가 감기라도 걸리면 어쩌죠?”

앨리스가 걱정하며 말했다.

“한참 꿈을 꾸는 중인가봐.”

트위들디가 계속 말했다.

“무슨 꿈을 꾸는 것 같아?”

앨리스가 대답했다.

“그건 누구도 알 수 없어요.”

“왜 몰라! 바로 네 꿈이지!”

트위들디가 박수를 치며 신이 나서 외쳤다.

“너에 대한 꿈을 꾸다가 깨면 너는 어디에 있을 것 같니?”

“당연히 지금 이 자리에 있겠죠.”

앨리스가 말했다.

“절대 아니야!”

트위들디가 단박에 쏘아붙였다.

“넌 어디도 없을 거야. 왜냐고? 너는 붉은 왕의 꿈속에만 있는 존재니까!”

트위들덤이 덧붙였다.

"만약 왕이 잠에서 깨면, 너는 '훅' 하는 소리와 함께 사라지게 될 거야. 촛불이 꺼질 때처럼!"

"그럴 리가 없어요!"

앨리스가 분해서 소리쳤다.

"내가 붉은 왕의 꿈속에만 존재하는 거라면, 당신들은요? 난 그게 더 알고 싶은데요?"

"마찬가지야."

트위들덤이 말했다.

"나도 마찬가지야."

트위들디가 소리쳤다.

트위들디의 목소리가 너무 커서 앨리스는 자기도 모르게 말했다.

"쉬잇! 이러다 붉은 왕이 깨겠어요. 너무 시끄럽잖아요."

"왕이 깰까 걱정해봤자 소용없어."

트위들덤이 말했다.

"넌 왕의 꿈에 나오는 여러 가지 중에서 하나에 불과하니까. 너도 네가 진짜가 아니란 걸 알잖아."

"난 진짜라고요!"

앨리스는 울음을 터트렸다.

"눈물을 쥐어 짠다고 해서 네가 진짜가 되는 것은 아니야."

트위들디가 말했다.

"그러니까 울어봤자 똑같다고."

"내가 진짜가 아니라면……."

앨리스는 엉엉 울다가 어이가 없어 실실 웃으며 말했다. 정말 우스꽝스러운 일이었다.

"그럼 내가 울 수도 없어야 하는 거잖아요."

"설마 그게 진짜 눈물이라고 생각하는 건 아니겠지?"

트위들덤이 비아냥거리는 투로 말했다.

'전부 말도 안 되는 소리야. 저런 말을 듣고 우는 건 정말 멍청한 짓이라고.'

앨리스는 속으로 생각했다. 그래서 앨리스는 눈물을 닦아내고 애써 발랄한 목소리로 이야기를 이어나갔다.

"아무튼 저는 이 숲에서 나가는 편이 좋겠어요. 점점 어두워지고 있잖아요. 혹시 비가 오지는 않을까요?"

트위들덤이 커다란 우산을 펴더니 트위들디와 함께 쓰고 우산 위를 올려다보았다.

"아니, 안 올 것 같은데. 적어도 이 우산 밑으로는 절대로 오지 않을 거야."

"하지만 우산 밖으로 내릴 수는 있겠네요?"

"비가 내리고 싶으면 내리겠지."

트위들디가 말했다.

"우린 반대하지 않아. 정반대지."

'정말 제멋대로야!'

이렇게 생각한 앨리스가 "안녕히 계세요."라고 말하고 자리를 뜨려는 찰나, 트위들덤이 우산 밖으로 나와 팔목을 붙잡았다.

"저게 보이니?"

트위들덤은 감정이 북받쳐 목이 멘 소리로 물었다. 그러고는 눈이 휘둥그레지고 얼굴은 파랗게 질린 채, 바들바들 떨리는 손으로 나무 아래 놓인 작고 하얀 물체를 가리켰다.

"저건 딸랑이잖아요."

작고 하얀 물건을 유심히 살펴본 후에 앨리스가 말했다.

"짤랑짤랑하는 방울뱀이 아니고요."

앨리스는 트위들덤이 겁에 질린 것 같아 황급히 덧붙였다.

"그냥 낡은 딸랑이에요. 엄청 낡고 망가진 거요."

"나도 알거든!"

트위들덤이 흥분해서 발을 쿵쿵 구르고 머리카락을 쥐어뜯으며 외쳤다.

"완전 망가졌지, 물론이야!"

이쯤에서 트위들디 쪽을 바라보았고, 트위들디는 그 자리에 주저앉아 우산으로 온몸을 가리려고 애썼다.

앨리스는 트위들덤의 팔을 가만히 붙잡고 어린애 달래듯 조곤조곤 말했다.

"낡은 딸랑이 하나 때문에 그렇게 화낼 필요 없어요."

"낡은 딸랑이 아니야!"

트위들덤이 불같이 화를 내면서 외쳤다.

"완전 새 거라니까! 어제 산 거야. 내 예쁜 딸랑이!"

급기야 목소리가 비명처럼 커졌다.

그사이 트위들디는 우산 아래서 어떻게든 우산을 접어보려고 안간힘을 쓰고 있었다. 전혀 예상치 못한 트위들디의 행동에 앨리스는 이제 관심을 트위들디로 돌렸다. 하지만 트위들디의 노력은 완벽히 성공하지 못했고, 결국 우산에 싸인 채 머리만 내밀고 바닥에 데굴데굴 구르고 말았다. 트위들디는 바닥에 널브러진 채로 커다란 눈과 입을 끔벅거리며 누워 있었다.

'아무리 봐도 물고기랑 비슷해 보이는데.'

앨리스는 속으로 생각했다.

"너도 한판 붙는 데 동의하는 거지?"

트위들덤이 한층 차분해진 목소리로 물었다.

"까짓, 그러지 뭐."

트위들디가 우산 아래서 기어 나오며 뾰로통하게 대답했다.

"단, 저 꼬마가 우리가 옷 입는 걸 도와준다면."

그렇게 두 형제는 손에 손잡고 숲으로 들어갔고, 가슴 한가득 물건들을 들고 돌아왔다. 그건 베개 받침, 담요, 난로 깔개, 식탁보, 접시 덮개와 석탄 통이었다.

"핀을 꽂고 끈을 묶는 것 정도는 잘할 수 있겠지?"

트위들덤이 말했다.

"무슨 수를 쓰든 이걸 전부 몸에 걸칠 수 있게 해줘야 돼."

나중에 앨리스에게 들은 바에 따르면, 그런 난리는 태어나서 처음 본 것이라고 했다. 두 형제가 온통 야단법석을 떨면서, 이것저것 잔뜩 몸에 걸치고 어찌나 앨리스를 닦달하는지 끈으로 묶고 단추를 채우느라 진땀을 뺐기 때문이다.

"누가 보면 둘 다 헌옷 뭉치라고 착각하기 십상이겠어."

앨리스가 혼잣말을 했다.

"목이 잘려나가지 않게 조심하라고."

앨리스가 트위들디의 목에 베개 받침을 채우려고 끙끙대자 트위들디가 말했다.

"알다시피, 싸울 때 벌어질 수 있는 가장 심각한 사건이 바로 목이 댕강 잘려나가는 거니까."

앨리스는 큰 소리로 웃었다. 하지만 트위들디의 심기를 건드릴까 싶어 곧바로 잔기침을 하며 웃음기를 거두었다.

"내 얼굴, 창백해 보여?"

트위들덤이 투구를 씌워달라고 다가오며 물었다. 본인은 투구라고 불렀지만 사실 프라이팬에 훨씬 가까워 보였다.

"글쎄요, 네. 조금요."

앨리스가 부드럽게 답했다.

"내가 평소에는 누구 못지않게 용맹한 사람인데."

트위들덤이 낮은 목소리로 말했다.

"오늘따라 두통이 심해서 말이야."

"난 치통 때문에 얼마나 아프다고!"

그 말을 엿듣고 트위들디가 끼어들었다.

"내가 너보다 훨씬 아프거든!"

"그럼, 오늘은 싸우지 않는 편이 낫겠어요."

지금이 두 사람을 화해시킬 절호의 기회라 생각한 앨리스가 말했다.

"어쨌거나 한판 싸우긴 해야 돼. 아무리 오래 걸려도 상관없어."

트위들덤이 말했다.

"지금 몇 시지?"

트위들디가 시계를 보고 답했다.

"네 시 반."

"그럼 딱 여섯 시까지만 싸우고 저녁을 먹자."

트위들덤이 말했다.

"좋았어."

트위들디가 풀이 죽은 목소리로 답하고 앨리스를 보며 덧붙였다.

"저 꼬마가 구경하는 건 상관없지만, 너무 가까이 오지는 마. 난 일단 흥분하면 눈에 뵈는 거 없이 아무거나 때려 부수는 편이거든."

"나도 손에 닿는 건 전부 때려 버릴 거야."

트위들덤이 계속 말했다.

"눈에 보이는 거, 안 보이는 거 전부!"

앨리스가 웃음을 터트렸다.

"내 생각에 두 사람, 나무를 치는 일도 허다하겠어요."

트위들덤이 만족스러운 미소를 지으며 주위를 둘러보았다.

"내가 예상하건데, 우리가 싸움을 끝내고 나면 주변에 멀쩡한 나무가 하나도 없을 거야."

"고작 딸랑이 하나 때문에 말이죠!"

앨리스가 대꾸했다. 그런 사소한 것 때문에 이렇게 요란을 떠는 것을 조금이나마 부끄럽게 생각하기를 바라는 마음에서였다.

"그게 새것만 아니었어도, 이렇게 화가 나지는 않았을 거야."

트위들덤이 말했다.

'그 무시무시한 까마귀가 짠 하고 나타나면 좋겠어!'

앨리스는 속으로 생각했다.

"너도 알겠지만, 칼이 하나뿐이야."

트위들덤이 트위들디를 보며 말했다.

"그래도 너한테는 우산이 있잖아. 그것도 꽤 날카로우니까. 얼른 시작해야 돼. 점점 날이 저물고 있어."

"많이 어두워졌어."

순식간에 주변이 어두워져서, 앨리스는 폭풍우가 다가오고 있는 게 분명하다고 생각했다.

"저기 시커먼 먹구름 좀 봐요!"

앨리스가 외쳤다.

"엄청 빠르게 이쪽으로 다가오고 있어요! 세상에, 날개라도 달린 것 같네!"

"저건 까마귀잖아!"

트위들덤이 깜짝 놀라 큰 소리로 외쳤다. 두 형제는 줄행랑을 쳤고 순식간에 눈앞에서 사라졌다.

앨리스는 얼마 동안 숲 속으로 달려가다가 커다란 나무 아래 멈춰 섰다.

"설마 여기까지 쫓아오지는 못하겠지. 덩치가 워낙 커서 나무 사이로 비집고 들어올 수 없을 테니까. 제발 날갯짓 좀 그만했으면 좋겠어. 진짜 태풍이라도 부는 것 같잖아. 어, 저기 주인 없는 숄이 날아가고 있네!"

05

양털과 물

앨리스는 숄을 들고 주인을 찾아주려고 주위를 두리번거렸다. 다음 순간, 하얀 여왕이 두 팔을 활짝 펼치고 마치 하늘을 나는 것처럼 정신없이 달려왔다. 앨리스는 아주 공손한 태도로 숄을 들고 하얀 여왕을 맞으러 갔다.

"마침 제가 이곳에 있어 다행이었어요."

앨리스는 하얀 여왕이 숄을 걸치는 것을 도와주며 말했다.

하얀 여왕은 매우 겁을 먹은 표정으로 앨리스를 보며 작은 소리로 뭐라고 중얼거렸다. 얼핏 듣기로는 "버터와 빵, 버터와 빵"이라고 하는 것 같았다. 앨리스는 직접 나서서 대화를 시작해봐야겠다고 생각했다. 그래서 조심스럽게 먼저 입을 열었다.

"지금 제가 '대화를 청한' 분이 하얀 여왕님 맞으신가요?"

"음, 그래. 네가 숄을 '걸쳐준' 거라고 생각한다면야. 내 생각으론 제대로 입혀준 것도 아니지만."

('대화를 청하다'는 영어로 'address'이고, '걸쳐주다'는 영어로 'dress'로 두 글자가 비슷하다: 옮긴이)

하얀 여왕이 대답했다.

앨리스는 대화를 시작할 때부터 언쟁을 벌이는 것은 그리 좋지 않을 거라는 생각이 들어서 애써 웃으며 말했다.

"만약 여왕님께서 옷 입히는 법을 제게 친히 가르쳐주신다면, 있는 힘껏 노력해보도록 할게요."

"하지만 그건 내가 전혀 바라지 않는걸! 벌써 두 시간 동안 나 혼자 옷을 입어왔거든."

앨리스의 눈에는 누군가 하얀 여왕의 옷을 입혀주었다면 훨씬 더 나았겠다 싶었다. 하얀 여왕의 모습은 정말 끔찍할 만큼 엉망진창이었기 때문이다.

'전부 삐뚤삐뚤 난리도 아니잖아. 게다가 온몸에 핀 투성이야!'

앨리스는 속으로 생각하고는 다시 말했다.

"제가 숄을 제대로 걸쳐드려도 될까요?"

"대체 뭐가 문제인지 모르겠다니까!"

하얀 여왕이 한층 가라앉은 목소리로 말했다.

"핀이 심술이라도 난 건가. 핀을 여기저기 다 꽂아봤는데도 도통 마음에 들지 않는구나!"

"핀을 한쪽에 전부 꽂으면, 당연히 제대로 고정이 되지 않죠."

앨리스가 하얀 여왕의 솔을 다정하게 매만지며 대답했다.

"맙소사, 머리 모양이 완전 엉망이 됐어요!"

"솔이 머리카락 사이에 엉켜버렸어!"

하얀 여왕이 한숨을 내쉬며 말했다.

"어제 빗을 잊어버리는 바람에 이 꼴이야."

앨리스는 조심스럽게 솔을 빼냈고, 머리카락을 단정하게 정성껏 만졌다. 그리고 핀들을 전부 다시 꽂은 후 말했다.

"보세요, 아까보다 훨씬 가지런하게 정리됐어요! 그래도 앞으로는 시녀를 꼭 데리고 다니셔야겠어요."

"너만 좋다면 기꺼이 내 시녀로 맞이하도록 하지! 일주일에 한 번씩 2펜스를, 그리고 이틀에 한 번씩 잼을 주마."

하얀 여왕이 말했다.

앨리스는 그저 웃음만 짓고는 말했다.

"여왕 폐하, 저를 받아주지 않으셔도 돼요. 그리고 저는 잼을 별로 좋아하지 않거든요."

"얼마나 맛있는지 몰라."

하얀 여왕이 말했다.

"글쎄요. 어쨌든 오늘은 별로 먹고 싶지 않아요."

"아무리 원해도 먹을 수 없어."

하얀 여왕이 말했다.

"규칙이 그렇단다. 어제도 내일도 잼을 먹을 수 있지만, 오늘은 절대 안 돼."

"그러다 가끔 '오늘' 잼을 먹을 수도 있잖아요."

앨리스가 반박했다.

"아니, 그렇지 않아."

하얀 여왕이 말했다.

"잼은 이틀에 한 번씩만 먹을 수 있어. 어제랑 내일 잼을 먹을 수 있으니, 오늘은 안 되는 거야."

하얀 여왕이 말했다.

"무슨 뜻인지 이해가 안 돼요."

앨리스가 계속 말했다.

"무지무지 헷갈리는데요!"

"바로 그게 거꾸로 살기의 효과란다."

하얀 여왕이 친절히 말했다.

"처음에는 누구나 헷갈리고 힘들어하지만."

"거꾸로 살기라니요!"

앨리스는 화들짝 놀라 외쳤다.

"그런 말은 난생처음 들어봐요!"

"하지만 한 가지 좋은 점이 있단다. 기억이 두 가지 방향으로 작용한다는 거야."

"제 기억은 한쪽 방향으로만 작용하는걸요."

앨리스가 대꾸했다.

"어떤 일이 벌어지기 전까지는 그 일을 기억할 수 없잖아요."

"지난 일만 떠올릴 수 있는 것은 정말 형편없는 일이란다."

"그럼 여왕 폐하께서는 어떤 것들을 잘 기억하는 편이세요?"

앨리스가 용기를 내서 물었다.

"오, 바로 다음다음 주에 벌어질 일들이란다."

하얀 여왕이 무덤덤한 투로 대답했다.

그리고 커다란 반창고를 손가락에 붙이며 말을 이었다.

"예를 들면, 지금 감옥에서 벌을 받고 있는 왕의 전령이 하나 있는데 다음 주 수요일까지도 재판이 시작되지 않을 거란다. 물론 죄는 제일 마지막에 짓게 될 테고."

"그럼 아직 죄를 짓지 않았다는 거잖아요?"

앨리스가 말했다.

"그게 더 잘된 일 아니니?"

하얀 여왕은 반창고를 작은 리본 모양으로 묶으며 대답했다.

앨리스도 하얀 여왕의 말을 부정할 수는 없었다.

"물론 그게 훨씬 더 잘된 일이기는 해요. 하지만 죄를 짓기도 전에 벌을 받는 것은 좋은 일이라고 볼 수 없잖아요."

"아무튼 네 생각은 완전히 틀렸어."

하얀 여왕이 말했다.

"너는 벌을 받아본 적이 없니?"

"잘못을 했을 때만요."

앨리스가 말했다.

"그래서 전보다 나은 아이가 된 거야!"

하얀 여왕이 의기양양하게 말했다.

"맞아요. 하지만 저는 벌을 받아 마땅한 잘못을 저질렀기 때문에 그런 거죠."

앨리스가 말했다.

"그건 전혀 다른 문제거든요."

"하지만 네가 그런 잘못을 저지르지 않았다면 훨씬 더 좋았을 게다. 훨씬, 훨씬, 훨씬 더!"

하얀 여왕의 목소리는 점점 더 높아져서 마침내 쇳소리가 날 정도였다.

앨리스가 "뭔가 잘못된 것 같아요……."라고 말하던 찰나, 여왕이 꽥 비명을 지르기 시작해서 말을 멈춰야 했다.

"오, 오, 오!"

하얀 여왕은 마치 손가락을 떼어내고 싶다는 듯이 손을 세차게 흔들기 시작했다.

"손가락에서 피가 나! 아, 아야, 아파!"

하얀 여왕의 비명 소리가 증기기관차에서 들리는 기적 소리와 비슷해서 앨리스는 양손으로 귀를 틀어막았다.

"어떻게 된 거죠?"

앨리스는 비명이 잦아든 틈을 타서 외쳤다.

"손가락을 찔리기라도 한 건가요?"

"아직 찔리지는 않았어."

하얀 여왕이 말했다.

"하지만 곧 찔릴 거야. 아, 아야, 아파!"

"대체 언제 손가락이 찔릴 거란 말이에요?"

앨리스는 금방이라도 웃음보가 터질 것만 같았다.

불쌍한 하얀 여왕이 끙끙거리며 말했다.

"다시 숄을 묶을 때 곧 브로치가 풀리면서 찔릴 거야. 아, 아야!"

그러자 정말로 브로치가 툭 풀렸고 여왕이 다시 브로치를 채우려고 손가락을 가져다 댔다.

"조심하세요!"

앨리스가 외쳤다.

"브로치가 비뚤어졌잖아요!"

그리고 브로치를 잡으려고 했지만 너무 늦었다. 핀이 풀리면서 하얀 여왕의 손가락을 찔러 버렸다.

"내가 뭐라고 했어, 피날 거랬잖아."

하얀 여왕이 웃으며 말했다.

"이제 여기서 일이 어떻게 돌아가는지 이해할 수 있겠지."

"지금은 왜 아프다고 소리치지 않아요?"

앨리스는 다시 귀를 틀어막을 준비를 하고 물었다.

"벌써 아프다고 소리쳤잖아. 이제 와서 다시 비명을 지른들 무슨 소용이 있겠어?"

여왕이 말했다.

그제야 날이 서서히 밝아오기 시작했다.

"이제 까마귀가 멀리 날아가 버렸나봐요."

앨리스가 계속 말했다.

"정말 다행이에요. 저는 밤이 된 줄 알았거든요."

"나도 다행이라고 말할 수 있으면 좋겠구나."

여왕이 말했다.

"규칙들이 도무지 기억이 안 나서 말이지. 넌 무척 행복하겠구나. 숲 속에 살면서 언제든 원할 때마다 기뻐할 수 있으니까!"

"하지만 여기 있으면 너무 외로운걸요!"

앨리스가 우울한 목소리로 말했다. 너무 외롭다는 생각을 하자

닭똥 같은 눈물이 앨리스의 두 뺨을 타고 흘러내렸다.

"세상에, 울지 마!"

가엾은 표정의 여왕이 절망스러운 듯 양손을 꽉 쥐고 소리쳤다.

"네가 얼마나 장한 일을 했는지 생각해보렴. 오늘 얼마나 먼 길을 왔는지 기억 안 나니? 지금 몇 시나 됐는지 알아? 뭐든 다른 생각을 해보도록 해. 제발 눈물만 흘리지 마!"

한참 눈물을 흘리던 앨리스는 여왕의 말을 듣고 웃지 않을 수 없었다.

"그런 생각을 하면 여왕님은 울지 않을 수 있나요?"

"항상 그렇게 한단다."

여왕이 결연한 목소리로 말했다.

"어느 누구도 한 번에 두 가지 일을 할 수가 없는 법이니까. 먼저 네 나이부터 생각해볼까? 몇 살이니?"

"정확히 일곱 살 반이에요."

"'정확히'라는 말은 할 필요 없어."

여왕이 지적했다.

"그런 말 안 해도 믿으니까. 그럼 나도 믿을 만한 정보를 주마. 나는 딱 백한 살 하고도 다섯 달 하루를 살았단다."

"도저히 믿을 수가 없어요!"

"믿을 수가 없어?"

여왕이 가련하다는 투로 말했다.

"자, 다시 한 번 해보자. 숨을 깊이 들이쉬고 눈을 감아봐."

앨리스가 웃음을 터트렸다.

"그래봤자 소용없을걸요. 불가능한 일을 어떻게 믿겠어요."

"너는 연습을 많이 하지 않아서 그래. 난 네 나이 때 하루에 삼십 분씩 연습을 했단다. 어떤 날은 아침을 먹기도 전에 불가능한 일을 여섯 개나 믿었던 적도 있단다. 어머나, 숄이 또 풀렸네!"

여왕의 말과 함께 브로치가 풀렸고 갑자기 불어온 돌풍에 여왕의 숄이 개울 너머로 휙 날아갔다. 하얀 여왕은 다시 두 팔을 펴고 숄을 쫓아서 날듯이 뛰어갔고, 이번에는 혼자 힘으로 숄을 붙잡는 데 성공했다.

"잡았다!"

여왕은 의기양양하게 말했다.

"이제 내가 혼자 핀을 꽂는 걸 보여주마!"

"손가락 다친 게 나아진 건가요?"

여왕을 따라 개울을 건너면서 앨리스가 공손하게 물었다.

"오, 매우 좋아졌단다!"

여왕은 큰소리로 대답했고 점점 더 목소리가 높아지더니 날카로운 비명으로 바뀌었다.

"매—애—우 좋아졌어! 매—애—우! 매—애—애—애—우! 매—애—

애-애-우!"

마지막 단어가 마치 양이 우는 것처럼 들려서 앨리스는 깜짝 놀랐다.

앨리스가 하얀 여왕을 쳐다보는 순간, 갑자기 양털이 여왕의 온몸을 감싸고 있는 것처럼 보였다. 앨리스는 눈을 비비고 다시 여왕을 쳐다보았다. 도무지 무슨 일이 일어난 건지 이해가 되지 않았다. 지금 가게에 들어온 건가? 그리고 저 계산대 건너편에 앉은 게 정말 양이란 말인가? 다시 눈을 비비고 살펴봐도 무슨 일인지 이해가 되지 않았다. 앨리스는 작고 어두운 가게의 계산대에 팔꿈치를 기댄 채 서 있었고, 맞은편에는 늙은 양 한 마리가 안락의자에 앉아서 열심히 뜨개질을 하고 있었다. 그 양은 가끔씩 커다란 안경 너머로 앨리스를 보며 잠시 뜨개질을 멈추었다.

"뭘 사고 싶어서 왔니?"

마침내 양이 뜨개질을 멈추고 앨리스를 올려다보며 말했다.

"아직 잘 모르겠어요."

앨리스가 친절하게 대답했다.

"살 게 있는지 좀 둘러봐야겠어요."

"요 앞이랑 양 옆은 마음대로 구경해도 좋아."

양이 말했다.

"하지만 사방을 구경할 수는 없어. 뒤통수에 눈이

SALE

달린 게 아니라면 말이다."

당연히 앨리스의 뒤통수에는 눈이 달려 있지 않아서, 그저 이 선반, 저 선반을 돌며 물건들을 구경하는 것에 만족해야만 했다.

가게에는 온갖 기묘한 물건들이 가득 차 있는 것 같았다. 하지만 그중에서도 제일 이상한 것은 선반에 뭐가 놓였는지 자세히 들여다보려고만 하면, 순간 선반이 비어 버리고 주위의 다른 선반들만 미어터질 정도로 가득 찬다는 것이었다.

"이 가게는 물건들이 막 날아다니나봐!"

앨리스는 어떻게 보면 인형 같고 어떻게 보면 반짇고리 같은 크고 반짝이는 물건을 졸졸 따라다녔지만, 그것은 가까이 다가갈 때마다 그 위쪽 선반으로 홱 도망쳐 버렸다. 결국 한참을 허비한 끝에 풀이 죽어 말했다.

"정말 약올라 죽겠어. 정 그렇다면……."

순간 머릿속에 뭔가 떠올랐다.

"맨 꼭대기 선반까지 쫓아가 봐야겠어. 설마 천장을 뚫고 나가지는 않을 테니까!"

하지만 그 계획조차 수포로 돌아갔다. 그 '물건'은 별로 어려운 일도 아니라는 듯 유유히 천장을 뚫고 사라졌다.

"넌 꼬마 애니, 아니면 손가락 팽이니?"

양이 다른 뜨개바늘 한 쌍을 집어 들며 물었다.

"팽이처럼 사방을 헤집고 다니니 어지러워 죽겠다."

양은 한 번에 열네 쌍의 바늘로 뜨개질을 하기 시작했다. 앨리스는 너무 신기해서 눈을 뗄 수가 없었다.

"어떻게 저렇게 많은 바늘로 뜨개질을 할 수 있을까?"

어안이 벙벙해진 앨리스가 혼잣말을 했다.

"어머, 양이 점점 고슴도치처럼 변해가는 것 같은데!"

"노 저을 줄 아니?"

양이 뜨개바늘 한 쌍을 앨리스에게 건네며 물었다.

"네, 조금요. 하지만 땅 위에서는 못 저어요. 뜨개바늘로도 당연히 못하고……."

앨리스가 이렇게 말하는 순간, 손에 들고 있던 바늘들이 노로 바뀌었다. 어느새 앨리스는 양과 함께 작은 배를 타고 강둑 사이로 미끄러지듯 둥둥 떠내려가고 있었다. 이제는 죽을힘을 다해서 노를 젓는 것 말고는 달리 할 수 있는 일이 없었다.

"수평으로!"

양이 뜨개바늘 한 쌍을 들고 외쳤다.

앨리스는 그 말을 대수롭지 않게 들어서 아무 대답도 하지 않았고 묵묵히 노를 젓기만 했다. 열심히 물살을 가르면서도 매우 이상한 점이 한 가지 있었다. 가끔 노가 물속에 박혀서 꼼짝도 하지 않는다는 것이었다.

"수평으로! 수평! 그러다 배가 '게'처럼 뒤집어지겠어!"

(영어에서 '게를 잡는다'는 말은 보트 경기에서 '노를 헛저어 배를 뒤집는 것'을 뜻하는 말로도 쓰인다: 옮긴이)

더 많은 바늘을 들고 양이 소리쳤다.

"작고 귀여운 게라구!"

앨리스는 속으로 생각했다.

'나 게 엄청 좋아하는데.'

"내 말 못 들었니? 수평으로!"

양이 화가 나서 한 뭉치의 뜨개바늘을 들고 소리쳤다.

"당연히 들었죠."

앨리스가 대답했다.

"몇 번이나 큰 소리로 말씀하셨잖아요. 그런데 게가 어디에 있다는 거예요?"

"그야 물론 물속에 있지!"

양은 손에 들고 있던 바늘을 머리에 꽂으며 대답했다.

"내 말은 게처럼 뒤집어지지 않으려면 '수평'을 유지하란 거야."

마침내 어리둥절해진 앨리스가 물었다.

"그런데 아까부터 왜 그렇게 '깃털'이라고 하세요? 난 새가 아니란 말예요!"

('노 끝을 수평으로 하다'와 '깃털'은 똑같이 'feather'라고 쓴다: 옮긴이)

"아니긴. 넌 정말 거위 새끼처럼 멍청해."

그 말을 들은 앨리스는 뾰로통해졌고 잠시 두 사람의 대화가 끊어졌다. 그사이 배는 유유히 물살을 헤치고 나갔다. 갈대밭 사이로 가기도 하고, 나무 아래로 지나가기도 했다. 하지만 머리 위로는 계속 드높은 강둑이 잔뜩 노려보듯 버티고 있었다.

"오, 제발요! 저기 향이 좋은 골풀들이 있어요!"

앨리스가 갑자기 신이 나서 외쳤다.

"진짜 골풀이에요. 너무 예쁘죠!"

"그런 일로 '제발'까지 찾을 거 없어."

뜨개질거리에 시선을 고정한 채 양이 말했다.

"내가 골풀을 거기 둔 것도 아니고 뺏어갈 것도 아니잖아."

"그게 아니라, 제발 부탁인데 잠깐 멈추고 몇 개만 꺾으면 안 돼요?"

앨리스가 간청했다.

"잠시만 배를 세우면 될 것 같은데요."

"나더러 어떻게 배를 멈추라는 거냐?"

양이 말했다.

"네가 노를 젓지 않으면 저절로 멈추겠지."

배는 물살을 따라서 둥둥 떠내려갔고 마침내 한들거리는 골풀들 사이로 미끄러져 들어갔다. 그리고 앨리스는 작은 소매를 조심스레 걷고 저 멀리 떨어진 곳에 자란 골풀을 꺾기 위해 작은 팔을 팔꿈치까지 물속에 집어넣었다. 그렇게 한참 동안 양과 뜨개질 따위는 잊고 배의 한쪽에서 몸을 숙이고 있었다. 앨리스는 헝클어진 머리카락 끝이 물에 잠긴 상태로 큰 눈을 반짝이며 사랑스러운 향기를 풍기는 골풀을 한 다발씩 꺾기 시작했다.

"제발 배가 뒤집어지지 않아야 하는데!"

앨리스가 중얼거렸다.

"어머, 예쁘기도 해라! 그런데 손이 닿지를 않아."

마치 일부러 안달이 나게 하려는 것처럼 일부러 저만치 떨어트려 놓은 것 같았다. 배가 천천히 움직이는 동안, 어여쁜 골풀을 많이 꺾었지만 하필 손이 닿지 않은 곳에 더 예쁜 것들이 보였다.

"제일 아름다운 건 항상 멀리 있는 것 같아!"

앨리스는 저 멀리 떨어진 곳에서 자라고 있는 골풀의 도도함을 이기지 못하고 한숨을 내쉬며 말했다. 그러고는 두 뺨이 발그레하게 달아오르고 머리카락과 손에서 물이 뚝뚝 떨어지는 채로, 다시 배 가운데로 돌아와 방금 발견한 보물들을 가지런히 정리하기 시작했다.

골풀들은 가지에서 꺾이는 순간부터 시들기 시작해, 향기로움도 아름다움도 점차 사라지기 시작하겠지만

이때만큼은 앨리스에게 아무 문제가 되지 않았다. 진짜 향기를 풍기는 골풀조차 그저 한순간이지 않은가? 게다가 이것은 꿈일 뿐이라 발꿈치에 쌓여 있던 골풀들은 순식간에 눈처럼 녹아 없어지기 시작했다. 하지만 워낙 이상한 일들이 많이 일어났던 탓에 앨리스는 그런 사실조차 전혀 눈치채지 못했다.

얼마 지나지 않아, 노 하나가 물속에 단단히 박혀 도무지 움직이지 않았다. 결국 노의 손잡이 부분이 앨리스의 턱에 걸렸고, 가엾은 앨리스는 "아야, 아야, 아야!"라고 연달아 작은 비명을 질러댔다. 그러다 자리에서 미끄러져 골풀 더미 위로 픽 쓰러졌다.

하지만 앨리스는 다친 데 하나 없이 곧바로 자리에서 일어났다. 그 와중에도 양은 아무 일 없다는 듯 뜨개질만 하고 있었다. 그러고는 배 밖으로 떨어지지 않아 천만다행이라 생각하며 본래 자리로 돌아가려는 앨리스를 보며 이렇게 말했다.

"하마터면 게랑 인사를 할 뻔했구나."

"그래요? 난 못 봤는데요."

앨리스가 배의 한쪽 너머로 고개를 내밀고 시커먼 물속을 조심스레 들여다보며 대답했다.

"게를 봤으면 좋았을 텐데. 진짜 작은 게 한 마리를 데리고 집에 가고 싶거든요!"

하지만 양은 코웃음을 치고는 뜨개질만 계속했다.

"여기에 게들이 많이 있어요?"

앨리스가 물었다.

"게뿐만 아니라 온갖 것들이 있지."

양이 계속 대답했다.

"네 맘에 드는 건 얼마든지 고를 수 있어. 이제 뭘 살 건지 결정한 거니?"

"뭘 산다고요?"

앨리스는 반쯤 놀라고 반쯤 겁먹은 목소리로 양의 말을 따라했다. 어느 순간 노와 배, 그리고 강이 사라지고 아까 봤던 작고 어두운 가게로 돌아와 있었기 때문이다.

"달걀을 하나 살게요."

앨리스가 소심하게 말했다.

"얼마예요?"

"달걀 하나에 5펜스, 두 개 사면 2펜스란다."

양이 대답했다.

"하나 살 때보다 두 개 살 때 훨씬 싸네요?"

앨리스가 지갑을 꺼내며 놀라서 되물었다.

"단, 두 개를 사면 반드시 두 개를 다 먹어야 해."

"그럼 하나만 살래요."

앨리스가 계산대 위에 돈을 내려놓으며 말했다. 속으로는 '혹시 맛이 없을 수도 있으니까.'라고 생각했다.

양은 돈을 받아서 상자에 넣고 말했다.

"나는 절대로 물건을 사람 손에 쥐여주지 않아. 그럴 필요가 없으니까. 네가 직접 가져가."

그러고 나서 가게 저 끝으로 걸어가 달걀을 선반 위에 턱 올려두었다.

'왜 그럴 필요가 없다는 거야?'

앨리스는 가게 끝 쪽으로 걸어갔고 점점 더 주위가 어두워져서 탁자와 의자 사이를 더듬거리며 가야 했다.

"내가 가까이 갈수록 달걀이 멀어지는 것 같아. 어디 보자, 이게 의자인 거야? 맙소사, 의자에서 나무가 자라고 있잖아! 정말 이상한 일이야. 세상에, 여기 작은 개울도 있네! 이렇게 이상한 가게는 태어나서 처음 봐!"

앨리스는 걸음을 뗄 때마다 점점 더 호기심에 불타올랐다. 게다가 앨리스가 가까이 가는 순간 모든 것들이 나무로 바뀌자, 달걀도 나무로 바뀌지 않을까 내심 기대했다.

06

험프티 덤프티

달걀은 점점 더 커졌고, 점점 더 사람처럼 변해갔다. 앨리스가 가까이 다가가자 달걀에 눈과 코, 입이 달린 것을 볼 수 있었다. 더 가까이 가보니, 그건 다름 아닌 '험프티 덤프티'였다.

('험프티 덤프티'는 〈마더 구스〉의 동요집에 나오는 달걀처럼 생긴 캐릭터이다: 옮긴이)

"분명히 험프티 덤프티야!"

앨리스가 혼잣말을 했다.

"틀림없어. 이름이 얼굴에 적힌 것처럼, 확실하잖아."

마치 그 거대한 얼굴 위에 험프티 덤프티라는 이름이 수백 번은 적혀 있는 것 같았다. 험프티 덤프티는 장난꾸러기 꼬마처럼 다리를 꼰 채, 높은 담장 위에서 건들거리며 앉아 있었다. 그렇게 좁은 담장 위에서 어떻게 균형을 유지하는 건지 궁금할 지경이었다. 눈동자는 반대쪽에 고정되어 있어 아직 앨리스가 그곳에 있다는 것을 알아차리지 못하고 있었다. 앨리스는 험프티 덤프티가 봉제 인형 같다고 생각했다.

"어쩜 저렇게 달걀이랑 똑같을까!"

앨리스는 탄성을 질렀다. 그리고 양팔을 뻗어 그를 잡을 준비를 했다. 언제 떨어질지 모른다는 생각에서였다.

"정말 짜증 나!"

오랜 침묵 끝에 험프티 덤프티가 말했다. 그의 눈은 다른 곳을 바라보고 있었다.

"나를 달걀이라고 부르다니, 진짜 짜증 나!"

"달걀이랑 닮았다고 생각했어요."

앨리스는 다정하게 설명했다.

"어떤 달걀은 아주 예쁘거든요."

앨리스는 자기 말이 칭찬처럼 들리게 하려고 애를 썼다.

여전히 다른 곳을 쳐다보며 험프티 덤프티가 말했다.

"어떤 사람들은 갓난아기만큼도 센스가 없다니까!"

앨리스는 어떻게 대꾸해야 할지를 몰랐다. 사실 앨리스한테 얘기한 것인지조차 분명치 않아서 대화를 하고 있는 거라고 믿을 만한 근거가 없었다. 게다가 마지막 말은 나무에게 한 말이 틀림없는 것 같았다. 앨리스는 가만히 서서 조용히 노랫말을 중얼거리기 시작했다.

험프티 덤프티가 담장 위에 앉아 있어.
험프티 덤프티 쿵 하고 떨어졌네.
왕의 말도 왕의 신하들도
험프티 덤프티를 다시 제자리에 놓을 수 없었어.

"마지막 줄은 시라고 하기엔 너무 길어."
앨리스는 험프티 덤프티가 듣고 있다는 것을 깜빡한 채 무심코 큰 소리로 말했다.
"그렇게 혼잣말하고 서 있지 마."
험프티 덤프티가 처음으로 앨리스를 똑바로 쳐다보며 말했다.
"이름과 용건이나 대시지."
"제 이름은 앨리스예요. 그런데……."
"참 바보 같은 이름이네!"
험프티 덤프티가 참지 못하고 또 끼어들었다.
"무슨 뜻이야?"
"이름에 꼭 뜻이 있어야 하나요?"

앨리스가 의아해하며 되물었다.

"당연하지."

험프티 덤프티가 피식 웃으며 대답했다.

"내 이름은 내가 생긴 모양을 의미해. 그것도 아주 잘생긴 모양. 근데 네 이름은 어떤 모양이건 거의 다 될 수 있겠다."

"왜 여기 혼자 앉아 계세요?"

앨리스가 물었다. 더는 말싸움이 길어지는 게 싫어서였다.

"왜냐고? 내 곁에 아무도 없으니까!"

험프티 덤프티가 소리쳤다.

"그깟 질문에 대답도 못할까봐? 다른 질문을 해봐."

"땅 위에 있는 게 더 안전하다고 생각하지 않으세요?"

앨리스는 또 다른 수수께끼를 낼 생각이 없었다. 그저 이 별난 생명체가 걱정되는 순수한 마음에서 물었다.

"그 담은 좁아도 너무 좁잖아요!"

"정말 엄청나게 쉬운 수수께끼만

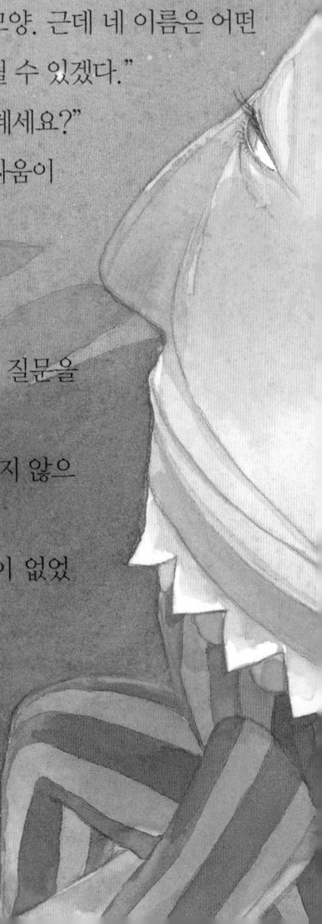

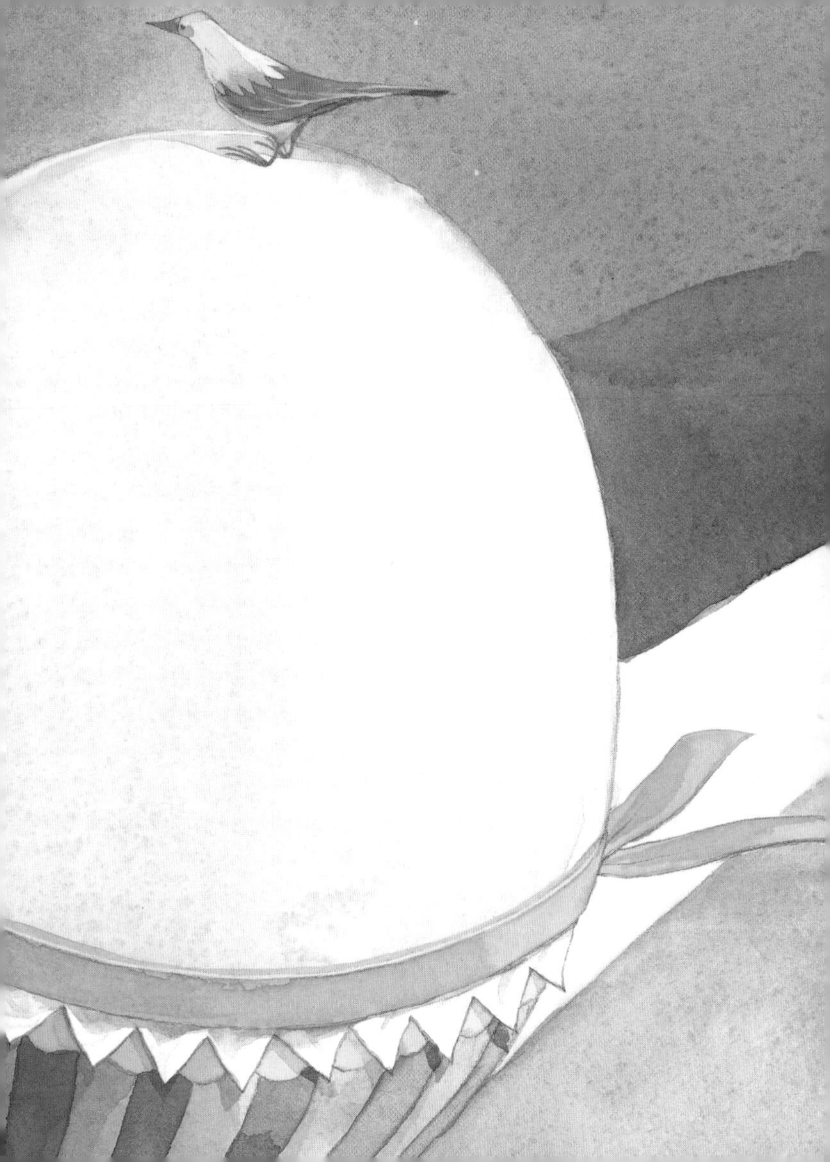

내는구나!”

험프티 덤프티는 호통 치듯 말했다.

“물론 난 그런 일이 있을 거라고 생각하지 않아! 왜냐면, 절대 그럴 일은 없겠지만, 내가 만약 떨어진다고 쳐. 그렇다고 치자고.”

입술을 오므리고 진지한 표정을 짓는 험프티 덤프티의 모습에 앨리스는 웃지 않을 수가 없었다.

“만약 내가 떨어진다면…….”

그가 말을 이어나갔다.

“왕께서 내게 약속하셨어. 너무 놀라서 얼굴이 하얗게 질려도 괜찮아. 내가 이런 말을 할 줄은 몰랐겠지? 왕께서 당신 입으로 직접 내게 약속하셨어. 말…….”

“말과 부하들을 보내주시겠다고요.”

앨리스가 말허리를 잘랐고 결과적으로 현명치 못한 일이었다.

“참으로 유감스러운 일이군!”

험프티 덤프티가 버럭 소리를 쳤다.

“문가에서 엿들었구나. 아니면 나무 뒤에서나 굴뚝 밑에서. 그렇지 않으면 절대 알 수가 없는데!”

“엿듣지 않았어요.”

앨리스는 아주 온화하게 말했다.

“책에 그렇게 나와 있어요.”

"그래, 책에 그런 것들을 쓸 수도 있겠지."

험프티 덤프티가 아까보다 훨씬 차분해진 목소리로 말했다.

"그런 걸 영국의 역사라고 하는 거야. 그렇고말고. 자, 이제 날 보렴! 난 왕과 대화를 나눈 몸이라고. 다시는 나 같은 사람을 못 만날 거다. 내가 편협하지 않다는 걸 증명하기 위해서 특별히 나와 악수할 수 있도록 허락하지."

그는 입을 크게 벌리고 활짝 웃으면서 금방이라도 담에서 떨어질 듯 아슬아슬하게 몸을 숙이고는 앨리스에게 손을 내밀었다. 앨리스는 걱정스러운 눈으로 쳐다보며 그의 손을 잡았다.

'더 크게 웃었다간 입이 머리 뒤까지 돌아가겠어.'

앨리스는 생각했다.

'그럼 그의 머리가 어떻게 될지도 모르잖아. 몸에서 툭 떨어질지도 몰라!'

"그래, 왕께서 말과 부하들을 보내주실 거야."

험프티 덤프티가 계속해서 말했다.

"곧 나를 들어 올려주실 거라고. 그런데 우리 대화가 너무 빨리 진행되는구나. 마지막에 했던 말로 돌아가 볼까."

"죄송한데 무슨 말을 했는지 기억이 안 나요."

앨리스가 아주 공손하게 말했다.

"그럼 처음부터 다시 시작하자."

험프티 덤프티가 말했다.

"이번에는 내가 주제를 고를 차례야."

앨리스는 '무슨 게임이라도 하는 것 같은 말투인데?'라고 생각했다.

"내가 너에게 물어볼 질문은 바로 이거야. 몇 살이라고 했지?"

앨리스는 잠시 계산을 해보고 대답했다.

"일곱 살 반이에요."

"틀렸어!"

험프티 덤프티는 의기양양하게 외쳤다.

"넌 그렇게 말해선 안 돼!"

"전 '넌 몇 살이냐'고 물으시는 줄 알았어요."

앨리스가 설명했다.

"나이가 궁금했다면 나이를 물었겠지."

험프티 덤프티가 말했다.

앨리스는 또다시 논쟁을 시작하고 싶지 않았다. 그래서 아무 말도 하지 않고 가만히 있었다.

"일곱 살 반!"

험프티 덤프티는 곰곰이 생각에 잠겨 되풀이했다.

"정말 애매한 나이야. 만약 내 조언을 구했다면 일곱 살 반에서 멈추라고 말했겠지. 하지만 그러기엔 이미 늦었어."

"전 그런 조언을 구한 적이 없거든요."

앨리스가 화를 내며 말했다.

"너무 자만하는 거 아냐?"

험프티 덤프티가 물었다.

그 말에 앨리스는 더 화가 나서 이렇게 맞받아쳤다.

"제 말은, 나이 드는 건 어쩔 수 없는 거잖아요."

"혼자라면 어쩔 수 없는 일이겠지."

험프티 덤프티가 말했다.

"하지만 누군가와 함께라면 가능할지도. 적당히 도움을 받았더라면, 일곱 살에서 성장을 멈출 수 있었을 거야."

"허리띠가 참 예뻐요!"

앨리스가 갑자기 말했다. 나이 이야기를 하는 것에 싫증이 나 있었고, 서로 돌아가면서 대화의 주제를 정하는 것이라면 이제 앨리스 차례라고 생각했다.

"그러니까……."

다시 한 번 생각해본 후 앨리스는 방금 한 말을 뒤집었다.

"넥타이가 참 예쁘네요. 아니 제 말은, 허리띠가 참 예쁘다고요. 정말 죄송해요!"

험프티 덤프티의 화난 표정을 본 앨리스는 당황했고 대화 주제를 잘못 골랐나 싶어 후회가 되었다. 그리고 이렇게 생각했다.

'어디가 목이고 어디가 허리인 줄 알았더라면!'

험프티 덤프티는 분명 화가 많이 나 있었지만 잠시 아무 말도 하지 않았다. 험프티 덤프티가 다시 입을 열었을 때는 마치 개가 으르렁거리는 소리와 비슷했다.

"정말 화가 나는군!"

마침내 험프티 덤프티가 말했다.

"넥타이랑 허리띠도 구분 못하다니!"

"제가 잘 몰라서 그래요."

겸손하게 사과하는 앨리스의 말에 험프티 덤프티가 조금은 누그러진 것 같았다.

"이건 넥타이란다, 꼬마야. 네 말처럼 아주 멋진 넥타이지. 하얀 왕과 여왕님께서 주신 선물이란다. 이것 좀 봐!"

"정말이에요?"

앨리스는 드디어 적당한 대화 주제를 찾았다는 생각에 기뻐하며 말했다.

"그분들이 주신 거야."

험프티 덤프티는 다리를 꼬고 양손으로 무릎을 감싸며 생각에 잠겨 말했다.

"그분들이 주셨어. 생일이 아닌 날 선물로 주신 거지."

"죄송하지만요……."

앨리스는 어리둥절한 표정으로 물었다.

"나한테 죄송할 거 없는데."

험프티 덤프티가 말했다.

"제 말은요, 생일이 아닌 날 선물이 뭐죠?"

"그야 당연히 생일이 아닌 날 주는 선물이지."

앨리스는 잠시 생각에 잠겼다가 말했다.

"난 생일 선물이 제일 좋아요."

"아무것도 모르는 소리!"

험프티 덤프티가 외쳤다.

"일 년이 총 며칠이지?"

"365일이요."

앨리스가 말했다.

"그중에 생일은 며칠이지?"

"하루요."

"365일에서 하루를 빼면 며칠이 남지?"

"당연히 364일이죠."

험프티 덤프티는 의심스러운 표정을 지으며 말했다.

"종이 위에 계산한 걸 봐야 알겠어."

앨리스는 자신도 모르게 웃으면서 수첩을 꺼내서 직접 숫자를 적어 계산을 했다.

6

365

1

—

364

—

험프티 덤프티는 수첩을 빼어 들고 유심히 들여다보았다.

"계산은 제대로 한 것 같은데."

"거꾸로 들었잖아요!"

앨리스가 끼어들었다.

"그렇군!"

험프티 덤프티는 아이처럼 천진하게 웃었고, 앨리스는 수첩을 뒤집어 주었다.

"어쩐지 좀 이상해 보이더라. 아무튼 계산은 제대로 된 것 같은데. 지금은 꼼꼼히 살펴볼 시간이 없지만. 생일이 아닌 날 선물을 받을 수 있는 날이 364일이면……."

"물론이죠."

앨리스가 말했다.

"그러니까 생일 선물을 받을 수 있는 날은 딱 하루뿐이란 거야. 그게 너한텐 큰 영광이고."

"영광이라니 무슨 뜻인지 잘 모르겠어요."

앨리스가 말했다.

험프티 덤프티는 거만한 미소를 지었다.

"당연히 내가 말해주기 전까지는 모르겠지. 그러니까 내 말은 '내가 논쟁에서 네 코를 납작하게 눌러줬다'는 뜻이야."

"하지만 '영광'이 그런 논쟁을 뜻하진 않잖아요."

앨리스가 항의했다.

험프티 덤프티가 말했다.

"내가 어떤 단어를 쓰든, 그게 뭐든 내가 뜻하고자 하는 바를 의미하는 거야. 그 이상도 이하도 아니라고."

"제가 궁금한 건……."

앨리스가 말했다.

"단어들을 마음대로 다른 의미로 사용할 수 있느냐는 거예요."

"내가 궁금한 건……."

험프티 덤프티가 말했다.

"그 단어의 주인이 누구냐 하는 거야. 그뿐이라고."

앨리스는 너무 혼란스러워 아무 말도 할 수가 없었다. 잠시 후 험프티 덤프티가 다시 말을 이어갔다.

"단어들에게도 성깔이 있어. 특히 동사들이 그렇지. 자존심이 무척 세거든. 형용사로는 뭐든지 할 수 있지만 동사들은 달라. 하지만 난 그것들을 마음대로 다룰 수 있어. 불가입성! 내가 말하는 게 바로 그거야!"

"제발 자세히 설명해주세요."

앨리스가 말했다.

"그게 무슨 뜻이죠?"

"이제야 이성적인 아이처럼 말하는구나."

험프티 덤프티가 흡족한 표정을 지으며 말했다.

"내가 '불가입성'이라고 말한 건, 우리가 이 주제에 대해 충분히 이야기를 나눴으니, 이제 뭘 하고 싶은지 말하라는 거야. 여기 평생 있고 싶지는 않을 테니까."

"단어 하나에 그렇게 많은 뜻이 있다니!"

앨리스는 사려 깊은 말투로 대답했다.

"단어 하나가 많은 뜻을 가지게 되면."

험프티 덤프티가 말했다.

"난 특별 수당을 더 지불한단다."

"아!"

앨리스는 도무지 뭐가 뭔지 몰라서 이 말밖에 할 수 없었다.

"아, 토요일 밤에 단어들이 수당을 받으러 우리 집에 몰려오는 걸 봐야 하는데."

험프티 덤프티는 머리를 좌우로 흔들며 말을 이어갔다.

"그날 자기 수당을 받으러 오거든."

앨리스는 험프티 덤프티에게 무엇으로 수당을 주는지 묻지 않았다.

"단어 설명을 아주 잘하시네요."

앨리스가 말했다.

"'재버워키'라는 시의 의미에 대해서 설명해주실 수 있나요?"

"어디 들어보자."

험프티 덤프티가 말했다.

"난 지금까지 세상에 나온 모든 시를 설명할 수 있어. 아직 나오지 않은 시들도 물론이고."

이 말에 희망을 얻은 앨리스는 시의 첫 번째 연을 읊었다.

오네경, 미끈한 토브들이
풀단지에서 맴돌며 송팡했다.
보로고브들은 전부 조비했고
녹돼들은 길을 잃고 에취�거렸다.

"시작은 그 정도면 충분해."

험프티 덤프티가 끼어들었다.

"어려운 단어들이 아주 많이 있군. '오네경'은 오후 4시를 의미해. 저녁식사를 위해 음식을 데우기 시작하는 시간이지."

“아, 그렇군요.”

앨리스가 말했다.

“그럼 ‘미끈’은요?”

“‘미끈’은 미끄럽고 끈끈하다는 뜻이야. 여기서 ‘미끄럽다’는 ‘활동적인’과 같은 의미지. 일종의 합성어야. 한 단어에 두 가지 의미가 들어가 있는 거지.”

“이제 알겠네요.”

앨리스가 생각에 잠기며 말했다.

“그럼 ‘토브’는 뭐예요?”

“‘토브’는 오소리랑 비슷해. 도마뱀과도 비슷한데. 코르크 마개 따는 기구 같은 거지.”

“진짜 신기하게 생긴 동물이겠어요.”

“그렇고말고.”

험프티 덤프티가 말했다.

“녀석들은 해시계 밑에 둥지를 튼단다. 또 치즈를 먹고살지.”

“그럼 ‘맴돌며’랑 ‘송팡’은 뭐예요?”

“‘맴돌며’는 뱅글뱅글 돌고 도는 걸 뜻해. ‘송팡’은 송곳으로 팡 하고 구멍을 뚫는 거지.”

"그럼 '풀단지'는 해시계를 둘러싸고 있는 풀로 된 단지 같은 거겠군요?"

스스로의 상상력에 사뭇 놀라며 앨리스가 말했다.

"그렇지. '풀단지'라고 불리는 이유는, 뭐랄까. 해시계 앞뒤로 아주 길게 뻗어 있기 때문이야."

"해시계 좌우로도 아주 길겠네요."

앨리스가 덧붙였다.

"그렇지. '조비'는 조잡하고 비참하단 뜻이야. 그리고 '보로고브'는 아주 작고 허름해 보이는 새를 뜻해. 깃털이 사방으로 삐져나와 있는데 그 모습이 마치 살아 움직이는 대걸레와 같아."

"'녹돼들은 길을 잃고'는요? 너무 많은 걸 물어봐서 죄송해요."

"녹돼는 일종의 녹색 돼지를 뜻해. 하지만 '길을 잃고'는 정확히 모르겠어. 내 생각엔 '집으로부터' 길을 잃었다는 뜻인 것 같아."

"'에취�휫'은 무슨 뜻이에요?"

"'에취휫휫'은 재채기를 하면서 내는 고함과 휘파람의 중간 소리를 뜻하는데, 저 아래 숲에 가면 들어볼 수 있을 거야. 직접 들어보면 뭔지 알 수 있어. 근데 그 어려운 시를 누구한테 들은 거야?"

"책에서 읽었어요."

앨리스가 말했다.

"하지만 그보다 훨씬 쉬운 시들도 들었는데요. 아마 트위들디한테 들은 것 같아요."

"시에 대해서라면 말이야."

험프티 덤프티가 큼지막한 한쪽 손을 앞으로 내밀며 말했다.

"나도 누구 못지않게 멋지게 읊을 수 있단다."

"아, 그러실 필요 없어요!"

앨리스는 제발 시를 읊지 않기를 바라면서 황급히 대답했다.

"내가 지금부터 들려줄 시는……."

험프티 덤프티는 앨리스의 속마음도 모른 채 말했다.

"오직 널 즐겁게 해주기 위해서 지은 거야."

이쯤 되자 앨리스도 시를 들어줘야겠다는 생각이 들었고 자리에 앉아 풀이 죽은 목소리로 말했다.

"정말 감사해요."

겨울이 오면 들판은 하얗게 변하고
너의 즐거움을 위해 이 노래를 부른다…….

"하지만 난 노래 따위는 부르지 않아."

험프티 덤프티가 설명을 덧붙였다.

"알았어요."

앨리스가 말했다.

"내가 노래를 부르는지 안 부르는지 '봤다'니, 넌 다른 사람들보다 날카로운 눈썰미를 가진 아이인가 보구나."

('나는 안다'와 '나는 본다'는 영어에서 'I see'로 똑같이 표현한다. 앨리스가 '알았다'고 하는 것을 험프티 덤프티는 '보았다'로 알아듣고 있다: 옮긴이)

험프티 덤프티는 진지하게 말했고 앨리스는 입을 다물고 있었다.

봄이 와 숲이 푸르게 변하면
내 말뜻이 무엇인지 말해줄게.

"정말 감사합니다."
앨리스가 말했다.

여름이 와 낮이 길어지면
아마도 이 노래를 이해할 수 있겠지.
가을이 와 잎사귀들이 노랗게 변하면
펜과 잉크를 꺼내 이 노래를 적어둬.

"그럴게요. 그때까지 기억이 난다면요."
앨리스가 말했다.
"계속 대꾸할 필요 없어."

험프티 덤프티가 말했다.
"별 의미도 없고 자꾸 흐름만 끊기잖아."

물고기에게 메시지를 보냈지.
'내 바람은 이거란다.'라고 말이야
바다의 작은 물고기들이
내게 답장을 보내왔어.
작은 물고기들의 대답은
'우린 할 수가 없어요. 왜냐면…….'

"죄송하지만 이해를 못하겠어요."
앨리스가 말했다.
"조금 더 들어보면 쉬울 거야."
험프티 덤프티가 대답했다.

물고기들에게 다시 메시지를 보냈지.
'시키는 대로 하는 게 좋아.'
물고기들은 활짝 웃으며 대답했어.
'에휴, 성격 참 대단하시네요!'
난 물고기들에게 한 번, 두 번 말했지.

하지만 내 말을 들은 척하지 않았어.
난 내가 할 일에 알맞은
큰 새 주전자를 가져갔지.

심장이 벌렁벌렁, 심장이 쿵쾅쿵쾅.
우물에서 주전자를 가득 채웠어.
그때 누군가 다가와 말했지.
'작은 물고기들이 잠들었어요.'
난 그에게 명확하게 말했어.
'그럼 다시 깨워.'
난 아주 큰 소리로 분명히 말했지.
그의 귀에 대고 크게 외쳤어.

험프티 덤프티는 마지막 부분을 낭송하면서 고함을 지르듯이 목소리를 높였고, 앨리스는 어깨를 들썩이며 생각했다.

'난 저런 심부름은 절대 못했을 것 같아!'

하지만 그는 뻣뻣하고 자존심이 셌어.
'그렇게 크게 소리칠 필요 없잖아요!'
어찌나 뻣뻣하고 자존심이 세던지

'일단 가서 깨워보죠, 만약…….'

난 선반에서 코르크 따개를 꺼냈어.

직접 물고기들을 깨우러 갔지.

헌데 문은 잠겨 있어, 난 당기고 밀고 차고 노크했어.

그래도 문이 닫혀 있어, 손잡이를 돌리려고 했지만…….

그러고는 오랜 침묵이 흘렀다.

"그게 끝이에요?"

앨리스가 조용히 물었다.

"끝이야."

험프티 덤프티가 말했다.

"잘 가."

앨리스는 너무 갑작스러운 것 같다고 생각했다. 하지만 얼른 가라는 말까지 듣고도 그 자리에 머무를 수 없는 일이었다. 앨리스는 자리에서 일어나 손을 내밀었다. 그리고 최대한 명랑한 목소리로 말했다.

"안녕히 계세요. 다시 만날 날까지요!"

"다시 만난다 해도 널 알아보지 못할 거야."

험프티 덤프티가 퉁명스럽게 말하며 앨리스에게 악수하기 위해 손가락 하나를 내밀었다.

“넌 다른 사람들이랑 너무 똑같잖아.”

“얼굴을 보면 다들 누군지 알아보잖아요.”

앨리스가 조심스럽게 말했다.

“내 불만이 바로 그거야.”

험프티 덤프티가 손가락으로 눈이 있는 곳을 가리키며 말했다.

“넌 다른 사람들이랑 얼굴이 똑같잖아. 눈이 두 개 있고, 얼굴 가운데 코가 있고, 그 밑에 입이 있고. 전부 똑같아. 예를 들어 네 눈이 코가 있는 자리에 붙어 있거나 입이 맨 위에 있다면 너를 알아보기가 쉽겠지.”

“그럼 별로 보기 좋지 않을 거예요.”

앨리스가 반박했다. 하지만 험프티 덤프티는 눈을 지그시 감고 말할 뿐이었다.

“해보지도 않고 보기 좋을지 아닐지 어떻게 알아?”

앨리스는 험프티 덤프티가 다시 말할 때까지 잠시 기다렸다. 하지만 험프티 덤프티는 다시 눈을 뜨지 않았고 앨리스에게 관심조차 보이지 않았다. 앨리스가 다시 한 번 말했다.

"안녕히 계세요!"

아무 대답이 없자 앨리스는 조용히 자리에서 돌아서 걸어가며 혼잣말을 중얼거렸다.

"지금까지 만난 사람 중에서, 제일 불만이 많은……."

앨리스는 이렇게 길게 말할 수 있다는 것이 안심이라는 듯이 큰 소리로 외치기 시작했다.

"제일 불만이 많은!"

하지만 앨리스가 마지막 말을 끝내기도 전에, 엄청난 굉음이 숲 속을 뒤흔들었다.

07

사자와 유니콘

다음 순간, 병사들이 숲을 가로질러 미친 듯이 달려왔다. 처음에는 두세 명씩 짝을 지어 오더니 이내 열 명, 스무 명씩 무더기로 몰려와서 마침내 숲 전체를 가득 메웠다. 앨리스는 병사들의 발에 차일까 두려워 나무 뒤에 숨어서 저만치 사라지는 모습을 지켜보았다.

그렇게 쉽게 넘어지고 자빠지는 병사들은 난생처음 보는 것 같았다. 뭔가에 걸려 넘어지고 하나가 쓰러지면 그 위로 몇 명이 엎어지는 바람에, 바닥에 쓰러진 병사들이 커다란 무더기로 쌓일 정도였다.

잠시 후 기병대가 몰려왔다. 말은 다리가 네 개라서 병사들보다 조금 나았지만 역시 돌부리에 걸려 픽 쓰러지기 일쑤였다. 마치 약속이라도 한 듯 말 하나가 쓰러질 때마다 기병이 따라 넘어졌다. 시간이 갈수록 혼란스러운 상황이 벌어졌고 앨리스는 숲에서 나와 넓은 공터로 나오고 나서야 비로소 안심할 수 있었다. 앨리스는 넓은 공터 바닥에 쭈그리고 앉아서 수첩에 뭔가를 끄적거리는 하얀 왕을 볼 수 있었다.

"내가 병사들을 전부 보냈단다!"

하얀 왕이 앨리스를 보자 기쁜 목소리로 말했다.

"혹시 숲에서 나오면서 병사들 못 봤니?"

"네, 봤어요. 적어도 수천 명은 될 것 같던데요."

앨리스가 말했다.

"정확한 숫자는 사천 이백 일곱 명이야."

하얀 왕이 수첩을 확인하고 말했다.

"기병은 전부 보내지 못했어, 알다시피 두 마리는 게임을 할 때 필요하니까. 전령도 둘은 보내지 않았고. 둘 다 마을에 가 있어. 혹시 길을 가다가 둘 중 하나라도 보게 되면 내게 알려다오."

"아무도 안 보이던데요."

앨리스가 대답했다.

"나도 너처럼 눈이 밝았으면 좋으련만."

하얀 왕이 짜증 섞인 말투로 대꾸했다.

"'아무도'를 볼 수 있다니! 쳇, 이 정도 밝은데도 나는 진짜 사람만 보는 게 고작이거든."

('아무도 안 보인다'를 영어로 'I see nobody'라고 하지만, 문법을 무시하고 단어만 보면 '나는 아무도를 본다'가 된다: 옮긴이)

앨리스는 한 손으로 빛을 가리고 저만치 길을 살피고 있어서 왕의 말이 제대로 들리지 않았다.

"이제 누군가 보여요!"

앨리스가 외쳤다.

"그런데 아주 천천히 와요. 하는 행동도 무지 이상야릇하고요!"

그 전령은 양팔을 날개처럼 활짝 펼치고 온몸을 장어처럼 위아래로 꿈틀거리면서 깡충깡충 뛰며 다가왔다.

"이상할 거 없어."

왕이 말했다.

"앵글로 색슨의 전령이라서 그래. 그건 앵글로 색슨만의 몸짓이란다. 행복할 때 그런 몸짓을 하지. 그 전령의 이름은 '헤이어'란다."

('헤이어'는 《이상한 나라의 앨리스》에 나오는 삼월 토끼이다: 옮긴이)

"전 'ㅎ'으로 시작하는 이름을 가진 사람이 좋아요. 그 사람은 '행복'한 사람이니까요. 전 'ㅎ'으로 시작하는 '헤이어'가 싫어요. 몸집이 너무 '흉측'해서요. 난 그 사람한테 '햄' 샌드위치와 '햇빛'에 말린 건초를 줄 거예요. 그 사람 이름은 '헤이어', 사는 곳은……."

"'힐'에 산단다."

왕은 앨리스가 머뭇거리자 말장난을 하는 건지도 모른 채 별다른 생각 없이 대꾸했다.

"또 다른 전령의 이름은 '해터'야. 전령은 반드시 둘이어야 해. 하나는 가고 하나는 오고."

"실례되는 말이지만……."

앨리스가 머뭇거렸다.

"실례할 게 뭐 있어?"

왕이 되물었다.

"사실은 이해가 잘 되지 않아서요. 왜 하나는 가고 하나는 와야 하죠?"

앨리스가 물었다.

"내가 말하지 않았나?"

하얀 왕이 짜증을 내며 반복했다.

"하나는 가고 하나는 와야 한다고?"

바로 그때, 전령이 도착했다. 얼마나 숨이 차는지 말 한마디 못하고 손만 좌우로 허우적거리며, 불쌍한 왕에게 잔뜩 겁먹은 표정을 지어 보였다.

"이 꼬마 아가씨가 'ㅎ'으로 시작하는 이름을 가져서 네가 좋다는구나."

하얀 왕은 전령의 주의를 다른 데로 돌릴 요량으로 앨리스가 했던 말을 꺼냈다. 하지만 별 소용이 없었다. 전령은 큰 눈동자를 미친 사람처럼 이리저리 굴리며, 아까 했던 앵글로 색슨의 몸짓을 점점 더 격렬하게 해 보였다.

"날 놀라게 하다니!"

왕이 계속 말했다.

"배고파 쓰러질 것 같구나. 햄 샌드위치를 다오!"

하얀 왕의 말을 들은 전령은 목에 걸고 있던 가방을 열어 햄 샌드위치를 꺼냈고, 앨리스는 깜짝 놀랐다. 하얀 왕은 허겁지겁 햄 샌드위치를 먹어 치웠다.

"하나 더!"

하얀 왕이 외쳤다.

"햇볕에 말린 건초밖에 없습니다."

전령이 가방 안을 들여다보며 대답했다.

"그럼 그거라도 내놔!"

하얀 왕이 웅얼거리듯 작은 목소리로 말했다.

앨리스는 하얀 왕이 건초를 먹고 기운을 되찾는 모습을 보니 너무나 기뻤다.

"배고플 땐 건초만 한 게 없다니까."

하얀 왕은 건초를 우걱우걱 씹으며 앨리스에게 말했다.

"찬물을 끼얹는 게 더 나을 것 같은데요."

앨리스가 말했다.

"아니면 탄산암모늄을 코에 대셔도 좋고요."

"건초보다 나은 게 없다고 하지는 않았잖아. 건초만 한 게 없다고 했지."

앨리스는 감히 하얀 왕의 말에 토를 달 수 없었다.

"오는 길에 누구를 만났지?"

하얀 왕이 건초를 더 달라고 손을 내밀며 전령에게 물었다.

"아무도 못 만났습니다."

전령이 대답했다.

"저 꼬마 아가씨도 '아무도' 안 보인다고 하더군. 분명 그 '아무도'가 너보다 걸음이 느린 모양이구나."

"저는 최선을 다했습니다."

전령이 뾰로통한 목소리로 말했다.

"저보다 빨리 걸을 수 있는 사람은 아무도 없어요."

"그래, 그렇겠지. 그렇지 않았다면, '아무도'라는 자가 너보다 먼저 이곳에 도착했을 테니까. 그건 그렇고, 이제 한숨 돌렸으면 마을에서 무슨 일이 있었는지 고해보거라."

"귓속말로 고하도록 하지요."

전령이 두 손을 나팔 모양으로 만들어 왕의 귓가에 댔다. 앨리스는 마을 이야기를 듣고 싶었기 때문에 못내 실망스러웠다. 하지만 전령은 작게 속삭이는 대신 목청껏 소리를 질렀다.

"사람들이 또 난리를 벌이고 있습니다!"

"이게 귓속말이냐?"

가엾은 왕이 자리에서 펄쩍 뛰더니 몸을 파르르 떨며 소리쳤다.

"또다시 이런 짓을 했다간 온몸에 버터를 발라 버리겠어! 지진이 난 것처럼 골이 흔들리잖아."

'굉장히 작은 지진이겠군!'

앨리스가 생각했다. 그리고 용기를 내어 물었다.

"누가 난리를 벌인다는 거죠?"

"물론 사자와 유니콘이지."

왕이 대답했다.

"왕관을 가지려고 싸우는 건가요?"

"그렇지. 그런데 정말 웃기는 건, 녀석들이 가지고 싶어 하는 왕관이 바로 '나의 왕관'이라는 거야! 얼른 가서 구경이나 하자꾸나."

그리고 하얀 왕과 전령이 바삐 걸음을 옮겼다. 앨리스는 옛 노래의 가사를 읊으며 그들의 뒤를 쫓았다.

사자와 유니콘이 왕관을 가지려고 싸웠다네.

사자는 온 마을을 돌며 유니콘을 때렸지.

어떤 사람은 하얀 빵을, 어떤 사람은 갈색 빵을,
어떤 사람은 자두 케이크를 주고 둘을 쫓아 버렸지.

"싸움에서…… 이기면…… 왕관을…… 차지하는 건가요?"
앨리스는 턱까지 차오른 숨을 고르며 겨우 질문을 던졌다.

"맙소사, 아니지! 턱도 없는 소리야!"

왕이 대답했다.

"죄송하지만 숨 좀 돌리고 싶은데……."

앨리스가 조금 더 달리다 지쳐 물었다.

"한 일 분만 쉬면 안 될까요?"

"난 괜찮지만, 그 정도로 힘이 세지는 않아. 일 분이 얼마나 눈 깜빡할 사이에 지나가는데! 차라리 밴더스내치를 멈추는 게 낫지."

왕이 대답했다.

앨리스는 숨이 차서 더 이상 말을 할 수 없었기 때문에, 구름 떼처럼 모인 구경꾼들 가운데 사자와 유니콘이 싸우는 모습이 보일 때까지 묵묵히 걸었다. 뿌연 먼지가 가득 차 있어서 누가 누구인지 구별이 되지 않을 정도였다. 잠시 후, 유니콘의 뿔을 보고 나서야 겨우 알아차릴 수 있었다.

세 사람은 또 다른 전령인 해터가 차 한 잔과 빵 한 조각을 들고 싸움을 구경하고 있는 곳으로 가서 근처에 자리를 잡았다.

"해터는 이제 막 감옥에서 풀려났어. 그런데 감옥에 들어갈 때, 차를 다 못 마시고 갔지 뭐야."

헤이어가 앨리스에게 속삭였다.

"감옥에서는 굴 껍데기만 준대. 그러니 얼마나 배가 고프고 목이 말랐겠어. 해터, 그동안 잘 지냈어?"

헤이어는 다정하게 해터의 목에 팔을 두르며 말했다. 해터는 고개를 돌리고 끄덕인 후 계속해서 버터 바른 빵을 먹었다.

"감옥에서 행복한 시간 보냈어?"

헤이어가 말했다.

해터는 다시 뒤를 돌아보았고, 이번에는 굵은 눈물만 양쪽 뺨으로 흘리고는 아무 말도 하지 않았다.

"대답해, 말 못하겠어?"

헤이어가 조바심을 내며 다그쳤다. 하지만 해터는 빵을 우걱우걱 씹고 차를 마실 뿐이었다.

"대답해, 말을 하라니까!"

하얀 왕이 외쳤다.

"싸움은 어떻게 흘러가고 있지?"

해터는 죽을힘을 다해서 버터가 발린 커다란 빵 조각을 한 입에 욱여넣고 대답했다.

"둘 다 잘 싸우고 있습니다."

해터는 목이 멘 목소리로 말을 이었다.

"양쪽 다 여든일곱 번씩 쓰러졌어요."

"그렇다면 곧 하얀 빵과 갈색 빵을 나눠주겠네요?"

앨리스는 용기를 내어 이렇게 물었다.

"지금 기다리는 중이야. 방금 내가 먹은 것도 그중 일부이고."

해터가 대답했다.

바로 그때 싸움이 잠시 중단되었고, 사자와 유니콘이 숨을 헐떡이며 자리에 주저앉았다. 하얀 왕은, "십 분간 휴식!"을 외쳤다. 헤이어와 해터는 곧바로 하얀 빵과 갈색 빵이 든 쟁반을 들고 사방으로 돌아다녔다. 앨리스도 빵을 한 조각 입에 넣었는데 생각보다 퍽퍽한 맛이었다.

"오늘은 더 싸울 수 있을 것 같지 않군."

왕이 해터에게 말했다.

"가서 북을 치라고 전해라."

해터가 메뚜기처럼 폴짝폴짝 뛰어갔다.

앨리스는 일이 분가량 해터를 보며 가만히 서 있었다. 그러다 갑자기 활기를 띠며 외쳤다.

"저기요! 저길 보세요!"

앨리스가 신이 나서 손가락으로 가리키며 말했다.

"저기 하얀 여왕님이 들판으로 달려오고 있어요! 저 멀리 있는 숲에서부터 날아온 건가 봐요. 어떻게 여왕님들은 저렇게 빨리 달릴 수 있는 걸까요!"

"분명 적들에게 쫓기고 있는 거겠지."

왕이 고개도 돌리지 않고 대답했다.

"저 숲은 적들이 우글거리는 곳이거든."

"얼른 가서 도와주셔야 하는 거 아니에요?"

앨리스는 왕의 차분한 태도에 놀라며 물었다.

"그럴 필요 없어! 암, 필요 없고말고!"

왕이 대답했다.

"하얀 여왕은 어마어마하게 빨리 달리거든. 차라리 밴더스내치를 잡는 편이 쉬울 게다! 하지만 정 원한다면, 여왕에 대해 수첩에 기록해두마. 여왕은 매우 사랑스럽고 착한 존재라고 말이야."

왕은 수첩을 펼치며 방금했던 말을 조심스럽게 반복했다.

"'존재'라고 쓸 때, 'ㅐ'로 쓰는 게 맞지?"

바로 그때, 유니콘이 두 손을 주머니에 찔러 넣은 채 어슬렁거리며 다가왔다.

"이번에는 내가 더 잘 싸웠지?"

"그래, 조금 나았지."

왕이 다소 긴장한 투로 대답했다.

"그래도 뿔로 사자를 들이받으면 안 되는 거야."

"다치지는 않았잖아."

유니콘이 무신경하게 대꾸했다. 그리고 길을 가려다 우연히 앨리스를 보았다. 유니콘은 곧바로 몸을 돌리고 매우 혐오스럽다는 표정으로 한참 앨리스를 쳐다보는 것이었다.

"대체 이건 뭐지?"

마침내 유니콘이 말했다.

"꼬마 아이예요."

헤이어가 신이 난 목소리로 양손을 뻗어 앵글로 색슨의 몸짓으로 앨리스를 소개했다.

"오늘 발견한 거죠. 실물처럼 큰 데다 진짜보다 두 배나 자연스러워요!"

"난 꼬마들이 환상 속의 괴물일 거라고 생각했는데!"

유니콘이 말했다.

"진짜 살아 있는 거야?"

"말도 할 줄 알아요."

헤이어가 진지하게 답했다.

유니콘이 황홀하다는 듯 앨리스를 보며 말했다.

"말 좀 해봐, 꼬마."

앨리스는 자기도 모르게 입꼬리를 올리며 말했다.

"저도 유니콘은 환상 속의 괴물인 줄로만 알았어요. 한 번도 살아 있는 유니콘을 보지 못했거든요!"

"좋아, 이제 서로 살아 있는 모습을 보았으니까."

유니콘이 계속 대답했다.

"네가 나의 존재를 믿어준다면 나도 너의 존재를 믿도록 할게. 그럼 공평한 거겠지?"

“네, 원하신다면요.”

앨리스가 대답했다.

“얼른 자두 케이크 좀 꺼내줘, 왕 나리.”

유니콘이 등을 돌리고 왕을 쳐다보며 말했다.

“갈색 빵은 절대 싫어!”

“물론, 물론이지!”

하얀 왕이 투덜거리며 말하고 헤이어를 손짓으로 불렀다.

“자루를 열어! 얼른! 그 자루 말고! 그건 건초가 든 거잖아.”

왕이 속삭이듯 말했다.

헤이어는 커다란 자루에서 큼직한 자두 케이크를 꺼내서 앨리스에게 건넸다. 그리고 접시와 빵을 자르는 칼을 꺼냈다. 어떻게 자루 안에 그런 것들이 전부 들어 있는지 도무지 이해가 되지 않았다. 누군가 요술이라도 부리는 것 같았다.

그러는 사이, 사자가 나타나 앨리스 일행 쪽으로 다가왔다. 눈이 반쯤 감긴 걸 보니 무척 피곤하고 졸려 보였다.

“이건 뭐야!”

사자가 눈을 끔뻑이면서 말했다. 마치 커다란 종이 울리는 것처럼 깊고 울리는 목소리였다.

“아, 지금 이게 뭐냐고 물은 거야?”

유니콘이 신이 나서 대꾸했다.

"이게 뭔지 상상도 못할 거야! 나도 몰랐으니까!"

사자는 지친 얼굴로 앨리스를 쳐다보았다.

"너, 동물이냐, 식물이냐, 아니면 광물이냐?"

사자는 한 마디에 한 번씩 하품을 하며 물었다.

"이건 전설 속의 괴물이야!"

앨리스가 미처 대답을 하기도 전에 유니콘이 외쳤다.

"그렇다면 자두 케이크를 좀 나눠줘, 괴물아."

사자가 턱을 앞발에 올리고 엎드리며 말했다. 그리고 왕과 유니콘을 보며 "너희 둘도 앉아. 케이크는 공평하게 나눠야 한다!"라고 말했다.

두 커다란 짐승 사이에 앉아야 하는 터라 왕이 심히 불편할 것 같았지만, 달리 앉을 만한 장소가 없었다.

"방금 전까지 우리가 얼마나 멋지게 싸웠나 몰라!"

유니콘이 입맛을 쩝쩝 다시며 왕관을 보며 말했다. 바로 옆에 있는 불쌍한 왕은 목이 떨어져 나갈 정도로 온몸을 부들부들 떨었다.

"너 하나 이기는 건 식은 죽 먹기야."

사자가 말했다.

"그거야 두고 보면 알겠지."

유니콘이 받아쳤다.

"퍽이나. 내가 온 마을을 돌아다니면서 흠씬 두들겨 패줬는데, 이 겁쟁아!"

사자가 화가 나서 반쯤 몸을 세우고 으르렁거렸다.

그러자 하얀 왕이 더는 싸움이 커지지 않게 하려고 자리에서 일어났다. 왕은 무척 겁먹은 모습이었고 목소리는 자꾸만 떨렸다.

"온 마을을 돌았다고?"

왕이 말을 이었다.

"그거 꽤 오래 걸렸겠구나. 저 낡은 다리 쪽으로 갔어? 아니면 시장 쪽으로? 다리가 경치는 끝내주는데 말이야."

"어느 쪽인지 기억이 안 나."

사자가 다시 자리에 앉으며 으르렁거리는 소리로 말했다.

"하도 먼지가 많아서 아무것도 못 봤어. 거기 괴물! 케이크 하나 자르는데 왜 이리 오래 걸려!"

앨리스는 작은 개울가에 쭈그리고 앉아서, 접시를 무릎 위에 올리고 칼로 케이크를 열심히 자르고 있었다.

"정말 짜증 나 죽겠어요!"

앨리스는 사자의 말에 대답했다. 자꾸 괴물이라고 부르는 통에 이제는 어느 정도 이력이 난 후였다.

"아무리 칼로 조각을 내도 자꾸 다시 들러붙는다고요!"

"넌 거울 나라의 케이크를 다루는 법을 모르는 모양이구나."

유니콘이 대답했다.

"일단 케이크를 나눠주고 나서 칼로 잘라야지."

정말 터무니없는 소리 같았지만, 앨리스는 시키는 대로 자리에서 일어나 접시를 들고 한 바퀴를 돌았다. 그러자 케이크가 저절로 세 조각으로 나눠지는 것이 아닌가.

"이제 케이크를 잘라."

앨리스가 빈 접시를 들고 돌아가자 사자가 말했다.

"이건 불공평하잖아!"

앨리스가 칼을 들고 자리에 앉아서 어떻게 할지 몰라 어리둥절하고 있는데 사자가 버럭 외쳤다.

"저 괴물이 사자한테 내 것보다 두 배나 많은 케이크를 줬어!"

"어쨌든 자기 몫은 하나도 남기지 않은 거네."

사자가 받아쳤다.

"괴물, 너도 자두 케이크 좋아하니?"

하지만 앨리스가 대답을 하기도 전에 어디선가 북소리가 둥둥 울려 퍼졌다. 시끄러운 북소리가 공중을 메울 기세로 앨리스의 머릿속까지 울려서 귀가 먹먹했다. 앨리스는 겁에 질려서 자리에서 벌떡 일어났고 작은 개울을 풀쩍 뛰어넘었다. 그때, 모처럼 만찬을 즐기려다 방해를 받아서 머리끝까지 화가 난 사자와 유니콘이 자리에서 일어나는 모습을 볼 수 있었다. 앨리스는 무릎을 꿇고 북소리를 듣지 않으려고 두 손으로 귀를 막았지만 아무 소용이 없었다.

'이런 끔찍한 북소리로도 저들을 마을에서 쫓아낼 수 없다면, 그 어떤 것도 저들을 쫓을 수 없을 거야!'

앨리스는 속으로 생각했다.

08

이건 내 발명품이야

잠시 후, 시끄러운 소리가 점차 잦아들었고 어느새 무거운 침묵이 감돌았다. 앨리스는 놀라서 고개를 들었다. 주위에는 아무도 보이지 않았다. 앨리스는 그저 사자와 유니콘, 그리고 앵글로 색슨 전령들이 나오는 꿈을 꾼 것이라고 생각했다. 그런데 자두 케이크를 자르던 그 커다란 접시가 앨리스의 발치에 그대로 남아 있었다.

"그렇다면 내가 꿈을 꾼 게 아니라는 건데."

앨리스는 혼잣말을 했다.

"우리가 같은 꿈의 일부분이 아니라면 말이야. 그렇다면 붉은 왕의 꿈이 아니라 바로 나의 꿈이면 좋겠어! 다른 사람의 꿈에 들어가고 싶지는 않으니까."

앨리스는 살짝 투덜거리며 말했다.

"가서 붉은 왕을 깨워서 어떻게 된 일인지 물어봐야겠어!"

바로 그때, 어디선가 "이봐! 이봐! 체크!"라고 크게 외치는 소리가 들려 앨리스는 생각을 멈추었다. 저만치서 핏빛 갑옷을 입고 말을 탄 기사가 커다란 곤봉 같은 것을 휘두르며 달려왔다. 그리고 앨리스 바로 앞에서 갑자기 멈춰 서더니 말에서 쿵 떨어지며, "넌 내 포로다!"라고 말했다.

앨리스는 깜짝 놀랐지만 갑자기 말에서 떨어진 기사가 더욱 걱정이 되어서, 다시 말에 오르는 기사의 모습을 불안한 표정으로 지켜보았다. 안장 위에 제대로 자리를 잡은 기사가 "넌 내 포로……."라고 다시 외치려는데, 저만치서 "이봐! 이봐! 체크!"라는 또 다른 목소리가 들려왔다. 깜짝 놀란 앨리스는 새로운 적을 찾아 주위를 두리번거렸다.

이번에는 하얀 기사의 등장이었다. 하얀 기사는 앨리스의 옆으로 바짝 다가와 아까 붉은 기사가 그랬던 것처럼 똑같이 말에서 쿵 하고 떨어졌다. 그런 다음 다시 말에 올라타서, 한동안 말없이 붉은 기사와 눈싸움을 벌였다. 당황한 앨리스는 두 기사를 번갈아 쳐다보았다.

"저 꼬마는 내 포로다!"

마침내 붉은 기사가 외쳤다.

"그래, 하지만 그다음에 내가 와서 저 꼬마를 구했어!"

하얀 기사가 응수했다.

"그렇다면 저 꼬마를 차지하기 위해 결투를 벌여야겠군!"

붉은 기사가 안장에 걸쳐져 있던 투구를 들어 머리에 쓰면서 말했다.

"당연히 결투의 규칙은 지키겠지?"

하얀 기사 역시 투구를 쓰며 물었다.

"물론이지."

두 기사는 엄청난 기세로 서로를 공격하기 시작했다.

이러다 중간에서 얻어맞으면 어쩌나 싶어 앨리스는 나무 뒤로 몸을 피했다.

"결투의 규칙이라는 게 뭔지 궁금한데."

몰래 엿보고 있던 앨리스가 혼잣말로 중얼거렸다.

"첫 번째 규칙은 기사가 다른 기사를 때리면 상대는 말에서 떨어지고, 만약 비껴 맞으면 본인이 떨어지는 것 같은데. 또 다른 규칙은 '펀치와 주디'처럼 곤봉을 팔꿈치에 끼우고 싸워야 한다는 건가 봐. 바닥에 떨어질 때 소리가 정말 요란해! 꼭 부지깽이들이 난로망 안으로 우당탕 떨어지는 것 같아! 어쩜, 저 말들은 체스판처럼 기사들이 올라탈 때도 가만히 서 있을까!"

('펀치와 주디'는 영국의 아동극에 나오는 주인공 이름이다: 옮긴이)

앨리스가 미처 알아채지 못한 규칙 하나는 '말에서 떨어질 때, 머리부터 떨어진다'인 것 같았다. 마침내 둘 다 말에서 함께 떨어지면서 결투가 끝이 났다. 두 기사는 자리에서 일어나 악수를 했고, 붉은 기사는 말을 타고 유유히 사라졌다.

"정말 영광스러운 승리였지?"

하얀 기사가 헐떡거리며 다가와 말했다.

"글쎄요."

앨리스는 아리송하다는 듯 대답했다.

"저는 누구의 포로도 되고 싶지 않아요. 여왕이 되고 싶어요."

"다음 개울을 건너면 여왕이 될 수 있을 거야."

하얀 기사가 말했다.

"숲이 끝나는 곳까지 안전하게 데려다주마. 너도 알다시피 나는 돌아가야 해. 내 수는 거기까지니까."

"정말 고맙습니다."

앨리스가 대답했다.

"투구 벗는 걸 도와드릴까요?"

혼자 투구를 벗기엔 아무래도 역부족일 것 같았다. 결국 앨리스는 기사를 앞뒤로 흔들어 겨우 투구를 벗겨주는 데 성공했다.

"이제야 숨을 제대로 쉴 수 있겠군."

기사가 두 손으로 덥수룩한 머리카락을 넘기고 크고 부드러운 눈동자로 앨리스를 보며 말했다. 이렇게 괴상망측한 행색의 기사는 난생처음이었다.

몸에 제대로 맞지 않는 양철 갑옷을 입고, 어깨춤에는 나무로 만든 뚜껑 열린 작은 상자를 거꾸로 메고 있었다. 앨리스는 호기심 어린 눈으로 상자를 빤히 쳐다보았다.

"내 작은 상자가 마음에 드는 모양이네."

기사가 친절하게 말했다.

"이건 내 발명품이야. 옷이랑 샌드위치를 넣어 다니지. 보다시피 거꾸로 메고 다니니까 빗물도 들어가지 않아."

"하지만 물건들이 전부 빠져나오는걸요."

앨리스가 차분하게 대답했다.

"상자 뚜껑이 열린 건 아세요?"

"전혀 몰랐어."

기사가 당혹스러운 표정을 지으며 말했다.

"그럼 물건들이 전부 쏟아져 버렸겠구나! 그 물건들이 없으면 상자는 필요가 없는데."

기사는 상자 끈을 풀어서 덤불 속으로 던지려고 했다. 그러다 순간 뭔가 문득 떠올랐는지 상자를 나무에 단단히 묶었다.

"내가 왜 이러는 줄 알겠니?"

기사가 물었다.

앨리스는 고개를 저었다.

"혹시 벌들이 상자 안에 벌집을 틀 수도 있을 것 같아서야. 그럼 꿀이 생길 테니까."

"하지만 기사님은 벌집을 가지고 있잖아요. 아니, 벌집 비슷한 게 안장에 달려 있는 것 같은데요."

"그래, 아주 쓸모가 많은 벌집이지."

기사가 비아냥거리며 대꾸했다.

"최상급이야. 하지만 아직 벌 한 마리 얼씬한 적이 없단다. 바로 옆에 매달린 건 쥐덫이야. 쥐 때문에 벌이 안 오는 건지, 아니면 벌 때문에 쥐가 안 오는 건지 잘 모르겠어."

"쥐덫은 어디에 쓰시려고요?"

앨리스가 물었다.

"설마 쥐들이 안장까지 올라오지는 않을 것 같은데."

"그럴 일은 없다고 봐야지."

기사가 말했다.

"하지만 혹시라도 쥐가 나타나면 이리저리 휘젓고 다니는 꼴을 보지 않아도 되잖니."

기사가 잠시 숨을 고르고 말했다.

"너도 알겠지만, 매사에 준비를 철저히 해두는 편이 좋으니까. 그래서 말들의 발목에 장식을 차고 있는 거고."

"저건 뭐하려고요?"

앨리스가 무척 궁금하다는 투로 물었다.

"혹시라도 상어한테 물릴까봐."

기사가 대답했다.

"이것도 내 발명품이야. 이제 말에 탈 수 있도록 도와주겠니? 숲이 끝나는 곳까지 데려다주마. 그런데 접시는 어디 쓰려고?"

"자두 케이크를 담았던 거예요."

앨리스가 말했다.

"그것도 챙기는 게 좋겠어."

기사가 말했다.

"혹 자두 케이크를 찾게 되면 쓸모가 있을 테니까. 가방에 넣게 도와줄래?"

앨리스가 조심스럽게 가방을 열고 도와주었지만 기사가 워낙 조심조심하는 바람에 접시를 집어넣는 데도 한참이 걸렸다. 처음 몇 번은 말에서 떨어지기도 했다.

"가방이 꽉 찼네."

마침내 기사가 말했다.

"촛대를 워낙 많이 넣어놔서 그래."

그리고 기사는 가방을 안장에 매달았다. 안장에는 이미 당근이 든 자루와 부지깽이, 그 외 많은 것들이 대롱대롱 매달려 있었다.

"머리는 단단히 묶었겠지?"

출발하기 전에 기사가 물었다.

"평소처럼 묶었는데요."

앨리스가 웃으며 대답했다.

"그걸로는 부족해."

기사가 걱정스러운 투로 말했다.

"이곳은 바람이 워낙 센 편이라서. 맛이 진한 수프처럼 바람이 강하다고."

"혹시 머리카락이 날리지 않는 장치는 발명하지 않으셨나요?"

앨리스가 물었다.

"아직."

기사가 계속 말했다.

"머리카락이 빠지지 않도록 하는 방법은 생각해뒀어."

"그게 뭔지 너무 궁금해요."

기사가 말을 시작했다.

"먼저 일자로 뻗은 나뭇가지를 찾아서, 머리카락이 나뭇가지를 타고 올라가게 하는 거야. 과일나무처럼. 머리카락이 빠지는 이유는 아래로 축 처져 있기 때문이거든. 위로 뻗은 건 빠지지 않잖아. 내가 생각한 건 그거야. 원한다면 너도 한번 해봐."

그다지 손쉬운 방법은 아닌 것 같았지만 앨리스는 묵묵히 걸음을 옮기며 기사의 말을 곱씹어 보았다. 말 타는 것이 능숙하지 못한 기사를 돕기 위해서 중간에 멈춰 서기도 했다.

말이 걸음을 멈출 때마다(걸핏하면 멈추었다) 기사는 앞으로 꼬꾸라졌고, 다시 출발할 때마다(대체로 갑자기 걸음을 떼는 편이었다) 뒤로 자빠지는 것이었다. 그렇지 않을 때는 안장에서 잘 버텼지만 습관처럼 종종 옆으로 쓰러지곤 했다. 보통은 앨리스가 걷고 있는 방향으로 쓰러졌기 때문에 말이랑 너무 가까이 걷지 않는 편이 좋을 거라는 생각이 들었다.

"말을 많이 타보지 않으셨나봐요."

말에서 다섯 번째 떨어진 기사를 부축해주며 앨리스가 용기를 내어 말했다.

기사는 화들짝 놀란 표정이었고 다소 기분이 상한 듯했다.

"왜 그런 애기를 하는 거지?"

반대쪽으로 떨어지지 않으려고 한 손으로는 앨리스의 머리채를 잡고 낑낑거리며 안장에 오르던 기사가 쏘아붙였다.

"말 타는 연습을 많이 한 사람들은 자주 떨어지지 않을 테니까요."

"나도 많이 연습했거든! 아주 많이 했다고!"

기사가 침울한 목소리로 대답했다.

"정말요?"

앨리스는 달리 대꾸할 말이 없어서 최대한 다정한 목소리로 말했다. 그 후로 두 사람은 말없이 걸음을 옮겼다. 기사는 눈을 감고 혼잣말을 중얼거렸고, 앨리스는 또다시 말에서 떨어질까 싶어 걱정스러운 눈길로 기사를 살폈다.

"최고의 승마 기술은……."

갑자기 기사가 오른팔을 흔들며 큰 소리로 외쳤다.

"바로……."

말을 마치지 못하고 기사는 앨리스가 걷던 길바닥으로 머리를 거꾸로 박고 쓰러져 버렸다. 소스라치게 놀란 앨리스는 이번에는 황급히 기사를 부축해 일으키면서 걱정스러운 목소리로 말했다.

"혹시 뼈라도 부러진 거 아니에요?"

"이쯤은 아무것도 아니야."

기사는 한두 개쯤 부러져도 상관없다는 듯 말했다.

"최고의 승마 기술은 말이지, 균형을 제대로 잡는 거야. 이렇게, 이렇게 말이야……."

기사는 앨리스에게 균형 잡는 법을 보여주려고 고삐를 놓은 채

두 팔을 양쪽으로 쫙 펼쳤고, 이번에는 말의 뒷다리 쪽으로 벌러덩 넘어졌다.

"내가 연습을 얼마나 많이 했다고!"

앨리스가 기사를 일으켜 세우는 동안, 기사는 계속해서 그 말만 반복했다.

"연습 많이 했어!"

"하나도 안 웃기거든요!"

앨리스도 도저히 참지 못하고 꽥 하고 외쳤다.

"차라리 바퀴 달린 나무 목마나 타는 게 낫겠어요!"

"그건 부드럽게 잘 가니?"

하얀 기사가 엄청난 관심을 보이며 물었다. 이번에는 흔들리기 전에 말의 목덜미를 잡아서 아래로 떨어지는 것을 피할 수 있었다.

"살아 있는 말보다는 훨씬 부드럽게 가죠."

앨리스는 웃지 않으려 애를 썼지만 킥킥거리며 실소를 터트렸다.

"한 마리 구해야겠군."

기사가 생각에 깊이 잠긴 채 중얼거렸다.

"한두 마리 정도, 아니 여러 마리가 낫겠어."

잠시 침묵이 흘렀고 기사는 다시 입을 열었다.

"나는 발명하는 데 재주가 있는 편이거든. 너도 눈치챘겠지만, 마지막으로 나를 일으켜 세울 때 내가 뭔가 곰곰이 생각하는 것 같지 않았어?"

"살짝 심각해 보이긴 했어요."

앨리스가 말했다.

"맞아, 그때 문을 넘는 새로운 방법을 개발하는 중이었어. 그게 뭔지 궁금하지?"

"정말 궁금하네요."

앨리스가 공손히 대답했다.

"먼저 어떻게 그런 생각을 하게 됐는지 얘기해줄게."

기사가 말했다.

"처음엔 '유일한 문제는 발의 위치야. 머리는 충분히 높이 있잖아.'라고 생각했어. 그러니까 머리를 바닥에 대고 다리를 높이 들고 물구나무를 서는 거야. 그럼 다리가 충분히 높아지겠지? 그리고 뛰어넘는 거야."

"네, 그럼 문을 쉽게 넘을 수 있겠네요."

앨리스가 곰곰이 생각하며 말했다.

"그런데 조금 힘들지 않을까요?"

"아직 실험을 해보지 않아서."

기사가 침울한 목소리로 계속 말했다.

"분명히 대답하기는 힘들어. 근데 조금 힘들 것 같기도 해."

하얀 기사가 너무 심란해하는 것 같아서 앨리스는 황급히 대화의 주제를 바꾸었다.

"어머나, 정말 신기한 투구네요!"

앨리스가 쾌활하게 말했다.

"이것도 직접 발명하신 거예요?"

하얀 기사는 으쓱거리며 안장에 매달린 투구를 내려다보았다.

"물론. 하지만 이것보다 더 좋은 투구도 만들었단다. 원뿔 모양으로 생긴 건데, 그걸 쓰고 말에서 떨어지면 머리보다 투구가 먼저 땅에 닿았어. 땅까지 거리가 매우 짧아진 거지. 그런데 문제는 투구 안에 박힐 위험이 있었던 거야. 사실 그런 일이 딱 한 번 있었어. 진짜 최악은 내가 투구에서 빠져나오기도 전에 다른 하얀 기사가 그 투구를 머리에 써버렸을 때였어. 자기 건 줄 알고 투구를 쓴 거지."

기사의 표정이 얼마나 엄숙하던지, 앨리스는 감히 웃을 수도 없었다.

"기사님 때문에 그분이 다쳤겠어요."

앨리스는 떨리는 소리로 말했다.

"그분 머리 위에 박혔을 테니까요."

"물론 발로 뻥 차야만 했어."

기사가 매우 진지하게 대답했다.

"그랬더니 투구를 벗더라고. 그런데 투구 밖으로 빠져나오는 데만도 꽤 오래 걸렸어. 번개처럼 빨리 박혀 있어서."

"그럴 때는 '빨리'가 아니라 '단단히'라고 해야죠."

앨리스가 반박했다.

하얀 기사는 고개를 저었다.

"아무튼 단단하고 빠르게 박혀 있었어, 진짜로!"

기사는 너무 흥분한 나머지 두 손을 번쩍 들었고, 그 바람에 안장에서 떨어져서 데굴데굴 굴러 도랑 속에 거꾸로 처박혔다.

앨리스는 기사를 찾기 위해 도랑 옆으로 달려갔다. 한참 말을 잘 타고 오던 중이어서 더 놀라기도 했고 이번에는 정말 크게 다쳤을까봐 걱정이 됐다. 하지만 앨리스의 눈앞에 보이는 건 버둥거리는 발뿐이었고, 평소처럼 재잘거리는 기사의 목소리가 들려 한층 마음이 놓였다.

"단단하고 빠르게 박혔다고!"

기사가 되풀이했다.

"그렇다고 남의 투구를 쓰냔 말이야! 그것도 안에 사람이 있는 줄도 모르고, 그 녀석이 부주의했던 거라고!"

"도랑에 머리가 박혔는데 어쩌면 그렇게 차분하게 말씀을 잘하세요?"

앨리스는 기사의 발을 잡고 도랑 옆 잔디까지 끌어내며 물었다.

하얀 기사는 그 질문에 깜짝 놀란 듯했다.

"내 몸뚱이가 어디 있건 그게 무슨 상관이지?"

기사가 되물었다.

"머리가 돌아가는 건 언제나 똑같다고. 솔직히 머리를 거꾸로 처박고 있으면 새로운 아이디어가 더 많이 떠올라. 지금까지 내가 발명한 것 중에서 제일 기발했던 건……."

기사가 잠시 쉬었다가 말을 이었다.

"고기 코스 요리를 먹다가 새로운 푸딩을 발명한 거야."

"그래서 고기 요리를 먹고 곧바로 새로운 푸딩을 만들어 먹었나요? 정말 빨리 만들어냈겠어요!"

앨리스가 외쳤다.

"흠, 바로 다음에 먹지는 못했어."

기사가 깊은 생각에 잠겨 느릿느릿 말했다.

"그건 분명해. 곧바로 먹지는 못했어."

"그렇다면 다음 날 만들어 먹었겠네요. 분명 하루 저녁에 푸딩 두 가지를 먹지는 않았겠죠?"

"글쎄다, 다음 날도 아니었어."

기사가 아까처럼 되풀이했다.

"분명해, 그다음 날도 못 먹었어. 사실은……."

기사는 고개를 푹 숙이고 기어드는 목소리로 말했다.

"그 푸딩은 한 번도 요리해본 적이 없어! 나중에도 그 푸딩을 만들 일은 없을 것 같아. 그래도 지금까지 내가 발명한 것 중에서 손꼽히는 푸딩이라고!"

"어떤 재료로 푸딩을 만들 생각이었어요?"

앨리스가 기사의 기분을 풀어줄 요량으로 물었다.

"일단, '압지'가 들어가야 해."

('압지'는 잉크로 쓴 글씨가 번지지 않도록 꾹꾹 눌러 물기를 제거하는 종이이다: 옮긴이)

하얀 기사가 끙 소리를 내며 말했다.

"별로 맛이 있을 것 같지는 않은데……."

"그것만 넣으면 맛이 없겠지."

기사가 말을 자르며 열을 올렸다.

"하지만 거기에 다른 재료들을 섞으면 얼마나 맛있을지 상상도 못할 거야. 가령 화약이나 봉랍 같은 거 말이야. 여기서 우리는 헤어져야겠구나."

드디어 두 사람은 숲의 끝자락에 도착했다.

앨리스는 어리둥절한 표정이었다. 아직 푸딩 생각으로 머릿속이 복잡했다.

"슬픈가 보구나."

기사가 염려하며 말했다.

"네 마음이 편해지도록 노래 한 곡 불러줄게."

"긴 노래인가요?"

앨리스는 벌써 길고 긴 시를 들은 후였다.

"긴 편이야."

기사가 대답했다.

"하지만 굉장히, 굉장히 아름다운 노래란다. 내가 그 노래를 부르면 사람들은 눈물을 흘리거나, 아니면……."

"아니면요?"

기사가 말을 멈추자 앨리스가 물었다.

"아니면 안 우는 거지 뭐. 제목은 '해덕의 눈'이라고 불리지."

('해덕'은 대구보다 조금 작은 물고기를 가리킨다: 옮긴이)

"아, 그게 노래 제목인가 보죠?"

앨리스는 일부러 관심을 보이려고 되물었다.

"아니, 이해를 못했나 보구나."

약간 짜증 난 투로 기사가 말했다.

"그냥 그렇게 불린다는 뜻이야. 진짜 제목은 '쭈글쭈글 할아범'이란다."

"그렇다면 '그 노래가 뭐라고 불리나요?'라고 물어봤어야 하는 거군요."

앨리스가 스스로 고쳐 말했다.

"아니, 그게 아니야. 그건 완전히 다른 거라고! 그 노래는 '수단과 방법'이라고 불린단다. 그냥 그렇게 불린다는 뜻이야. 알겠니?"

"흠, 그렇다면 그 노래는 또 뭔데요?"

이쯤 되니 앨리스의 머릿속은 완전 뒤죽박죽이 되어 버렸다.

"그 얘기를 하려던 거야."

기사가 말했다.

"그 노래는 '문 위에 앉아서'란다. 물론 내가 발명한 노래야."

하얀 기사는 말을 멈추고 잡고 있던 고삐를 늦추었다. 그런 다음 한 손으로는 박자를 맞추면서 마치 자기 노래의 선율을 즐기듯 해맑게 미소를 지으며 노래하기 시작했다.

거울 나라를 여행하면서 앨리스가 보았던 온갖 이상한 것들 중에서, 아주 오랜 시간이 흘러도 항상 또렷이 기억나는 장면이 바로 그때였다. 그로부터 여러 해가 흐른 뒤에도 마치 어제 일처럼 그 순간들을 온전히 떠올릴 수 있었다. 하얀 기사의 온화하고 푸른 눈동자,

다정한 미소, 그의 머리카락 사이로 비추던 석양과 그 빛을 받아 반짝이던 갑옷. 목덜미에 고삐를 느슨하게 늘어뜨리고 조용히 주위를 맴돌며 발치의 풀을 뜯어 먹던 말까지. 그리고 숲 속 저 너머의 검은 그림자……. 그 모든 것들이 한 폭의 그림과도 같아 보였다. 앨리스는 나무에 기대어 한 손으로 눈부신 햇살을 가리고, 이상하기 짝이 없는 기사와 말의 모습을 반쯤 꿈을 꾸듯 보면서 구슬픈 노래를 들었다.

"기사가 만든 게 아닌가봐."

앨리스는 혼잣말을 했다.

"'나 그대에게 모두 주어, 가진 것이 없네요.'라는 노래랑 선율이 같아."

앨리스는 자리에 서서 열심히 귀를 기울였지만 눈물은 하나도 흐르지 않았다.

나 그대에게 모든 걸 말하겠어.
할 말은 많지 않지만
문 위에 앉은
쭈글쭈글 할아범을 보았지.

난 물었어, "할아범은 누구시죠?"

"뭘 해서 먹고사세요?"
그의 대답이 내 머리로 빠져나갔지.
마치 체 사이로 빠지는 물줄기처럼.

그가 말했어, "밀밭에서 졸고 있는
나비를 찾으러 다닌단다.
그걸 양고기 파이에 넣어서
길거리에 가지고 나가 팔고

비바람 몰아치는 바다를 항해하는
뱃사람들에게도 팔아 먹고
그걸로 겨우 풀칠을 하고 산단다.
괜찮다면, 몇 푼 보태주게나."

하지만 나는 계획을 짜고 있었어.
누군가의 구레나룻을 녹색으로 물들이고
남들이 알아채지 못하도록
커다란 부채로 가리고 다니도록 하려고

그래서 할아범의 질문에

뭐라고 대답해야 할지 몰라 소리치곤
할아범의 머리를 들이받았지.
"뭘 해서 먹고사는지 묻잖아요!"

할아범이 부드러운 어조로 다시 말했어.
"우연히 길을 가다가
산속 실개천을 만나면
작은 불을 지펴놓곤 해.

사람들은 그걸로 머릿기름으로 쓰는
롤랜도의 마카사르 오일을 만들어.
하지만 내가 받는 수고비는
고작 2펜스 반뿐이야."

하지만 나는 계획을 짜고 있었어.
매일 밀가루 반죽을 먹고
조금씩 조금씩
살찔 수 있는 방법을 말이야.
나는 할아범을 잡고 좌우로 흔들었어.
할아범의 얼굴이 새파랗게 질릴 때까지

"이봐요, 뭘 해서 먹고사냐고요!
하는 일이 뭐냐고 묻잖아요!"라고 물었어.
할아범이 말했어, "해덕의 눈을 사냥해,
반짝이며 빛나는 야생화 사이에서.
그리고 고요한 밤에
해덕의 눈으로 조끼 단추를 만들지.

그건 금화를 줘도 안 팔아.
반짝이는 은화를 줘도 안 팔고.
50실링짜리 구리 동전을 주면
단추 아홉 개를 살 수 있어."

"가끔 버터 롤빵을 찾으려고 땅을 파고
게를 잡으려고 끈끈이 나무 덫을 놓지.
이륜마차 바퀴를 찾기 위해서
풀이 무성한 언덕을 샅샅이 뒤지기도 해.
나는 이런 일을 해서(노인이 윙크했다)
재산을 모았다네.
자네의 고귀한 건강을 위해서
기꺼이 건배를 하지."

그제야 노인의 말이 귓가에 들렸어.
메나이 브리지를 끓는 와인에 넣어서
녹슬지 않도록 하는 방법을
완벽히 생각해낸 후였거든.

어떻게 돈을 버는지 알려줘서
무척 고맙다고 인사했어.
하지만 진짜 고마웠던 건
내 건강을 위해 건배해준 거였어.

지금은 우연히
손가락을 풀에 넣거나
왼쪽 신발에 오른발을
미친 사람처럼 쑤셔 넣거나
내 발가락 위에
무거운 걸 떨어트리는 날엔
눈물을 흘리지, 왜냐하면 그때마다
한때 알고 지냈던 할아범이 떠올라서.

온화한 표정, 느릿느릿한 말투,

눈처럼 더 새하얀 머리카락,
이글거리는 숯처럼 반짝이는 눈동자,
까마귀를 떠올리게 만드는 얼굴.

고뇌에 휩싸여 괴로워하고
몸을 앞뒤로 흔들면서
밀반죽을 입에 가득 문 사람처럼
낮은 목소리로 웅얼거리고

들소처럼 콧김을 흥흥 내쉬던
오래전 어느 여름날 밤,
문 위에 앉아 있던
쭈글쭈글 할아범.

하얀 기사는 마지막 가사를 흥얼거리면서 두 사람이 왔던 방향으로 고삐를 돌렸다.

"몇 미터만 더 가면 돼. 언덕으로 내려가서 작은 개울을 건너면, 넌 여왕이 될 거야. 그런데 가기 전에 먼저 이곳에서 나를 배웅해주지 않겠니?"

앨리스가 신 나서 언덕 쪽으로 가려고 하자 기사가 말했다.

“오래 걸리지 않을 거야. 내가 저기 모퉁이를 돌아갈 때, 손수건을 흔들어줄 수 있겠지? 그러면 기운이 막 솟을 것 같아서 말이야.”

“당연하죠. 배웅해 드릴게요.”

앨리스가 말했다.

“이렇게 멀리까지 함께 와주셔서 감사해요. 그 노래를 불러주신 것도, 정말 좋았어요.”

“그렇다면 다행이구나.”

기사가 의심스러운 듯이 덧붙였다.

“그런데 내가 생각했던 것보다 많이 울지는 않던데.”

두 사람은 악수를 했고 기사는 말을 타고 천천히 숲쪽으로 향했다.

“배웅하는 데 그리 오래 걸리진 않을 거야.”

앨리스는 기사의 뒷모습을 보며 중얼거렸다.

“잘 가고 있네. 애고, 또 거꾸로 머리를 박고 떨어졌네! 그래도 어렵지 않게 다시 말에 탔어. 안장에 온갖 물건들을 매달아놔서 그런가봐.”

하얀 기사가 말을 타고 유유히 길을 가는 것을 보며 앨리스는 중얼거렸다. 하얀 기사는 왼쪽으로 또 오른쪽으로 번갈아 가면서 넘어가곤 했다. 말에서 네댓 번 떨어진 후에야 기사는 모퉁이에 도착했다. 앨리스는 기사가 보이지 않을 때까지 그 자리에서 손수건을 흔들었다.

"기운이 좀 났으면 좋겠는데."

앨리스는 언덕 쪽으로 돌아 뛰어가면서 말했다.

"이제 마지막 개울만 넘으면 나는 여왕이 되는 거야! 정말 멋진 일이잖아!"

몇 발자국 가지 않아서 앨리스는 개울의 가장자리에 도착했다.

"드디어 여덟 번째 칸에 도착했어!"

앨리스는 한걸음에 개울을 뛰어넘었다.

앨리스는 잠시 쉬자 싶어서 여기저기 작은 꽃들이 들어찬 이끼처럼 폭신한 산디밭에 벌렁 드러누웠다.

"아, 여기 오니까 너무 좋다! 그런데 머리 위에 있는 건 뭐지?"

앨리스는 손을 들어 머리 위에 꼭 맞게 씌워진 뭔가를 더듬으며 당황해서 외쳤다.

"어떻게 나도 모르게 이런 게 씌워질 수 있는 거지?"

앨리스는 혼잣말을 중얼거리며 그 물건을 무릎에 올려놓았다.

그건 황금 왕관이었다.

09

앨리스 여왕

"와, 정말 대단하다!"

앨리스가 말했다.

"이렇게 빨리 여왕이 될 줄은 몰랐어. 여왕 폐하, 제가 여왕의 행동거지에 대해 알려 드리죠."

앨리스가 진지한 목소리로 말을 이었다. 평소에도 앨리스는 자기 자신을 엄격하게 꾸짖는 걸 좋아했다.

"이렇게 잔디 위에 벌러덩 누워 계시면 아니 되옵니다! 여왕다운 품격을 지키셔야 해요!"

앨리스는 자리에서 벌떡 일어나 주위를 걸어 다녔다. 처음에는 왕관이 떨어질까봐 뻣뻣하게 걸었지만, 누구도 자신을 쳐다보고 있지 않다는 사실에 마음이 놓인 후에는 다시 잔디에 털썩 주저앉았다.

"내가 진짜 여왕이 된 거라면, 곧 여왕으로서 역할을 잘 해낼 수 있게 될 거야."

지금까지 하도 이상한 일들이 계속 일어난 탓에 앨리스는 붉은 여왕과 하얀 여왕이 바로 옆에 나란히 앉은 걸 보고도 하나도 놀라지 않았다. 대체 어떻게 여기 온 거냐고 묻고 싶은 마음이 굴뚝같았지만, 예의에 어긋날까 그만두었다. 하지만 게임이 끝난 건지는 물어봐도 괜찮을 것 같았다.

"저기, 실례인 줄은 알지만……."

앨리스가 조심스럽게 붉은 여왕을 보며 입을 뗐다.

"누가 말을 걸 때까지는 입을 열지 마!"

붉은 여왕이 차갑게 말을 잘랐다.

"그렇지만 모두들 그 규칙을 지키며 산다면……."

앨리스는 언제나 논쟁을 벌일 자세가 되어 있었다.

"누가 말을 걸 때까지는 입을 다물고 상대가 입을 열기만 기다려야 한다면, 그 누구도 아무 말도 하지 못할 텐데요. 그러니까……."

"멍청한 것!"

붉은 여왕이 외쳤다.

"맙소사, 대체 왜 모르는 거야."

붉은 여왕은 잠시 얼굴을 찡그리고 말을 멈추었다. 잠시 생각에 잠겨 있던 여왕은 대화의 주제를 다른 데로 돌렸다.

"그런데 '내가 진짜 여왕이 된 거라면'은 무슨 뜻이니? 무슨 자격으로 너를 여왕이라고 부르는 거야? 정해진 시험을 통과하기 전까지는 너는 여왕이 될 수 없어. 그 시험은 빨리 시작할수록 좋아."

"그래서, '만약'이라고 한 거예요!"

앨리스는 애처로운 목소리로 대답했다.

두 여왕은 서로를 마주 보았고, 붉은 여왕이 살짝 몸을 떨며 이렇게 말했다.

"저 꼬마는 '만약'이라고 했다는데요……."

"하지만 그 말 말고도 다른 말을 아주 많이 했잖아요!"

하얀 여왕이 양손을 비비 꼬며 신음하듯 외쳤다.

"다른 말을 아주 많이 했다고요!"

"네가 어땠는지는 너도 잘 알겠지. 언제나 진실을 말해야 해. 말하기 전에 반드시 생각하고 말을 하고 난 후에는 반드시 적어두도록."

붉은 여왕이 앨리스에게 말했다.

"제 말은 그런 뜻이 아니라……."

앨리스가 말을 시작하려는데 붉은 여왕이 참지 못하고 끼어들었다.

"내가 불만스러운 게 바로 그 부분이야! 그런 뜻이 아니라고? 아무 뜻도 없는 말을 하는 꼬마 따위가 무슨 소용이겠니? 하다못해 농담 하나에도 뜻이 숨겨져 있는 건데. 한낱 농담보다 꼬마가 훨씬 중요해야 하는 거잖아. 아무리 양손을 써도 그 사실은 부인할 수 없을 게다!"

"뭘 부인하려고 양손을 쓰지는 않아요."

앨리스가 받아쳤다.

"네가 그랬다고는 하지 않았어. 아무리 그래도 부인할 수 없을 거라고 했지."

붉은 여왕이 말했다.

"뭔가 부인하고 싶기는 한가 보네요."

하얀 여왕이 말했다.

"단지 그게 뭔지 정확히 모를 뿐인 거예요!"

"정말 고약하고 못돼 먹은 꼬마로구나."

붉은 여왕이 매몰차게 말했고 곧이어 어색한 침묵이 이어졌다.

붉은 여왕이 오랜 침묵을 깨고 하얀 여왕을 보며 말했다.

"흠, 오후에 열리는 앨리스의 만찬에 하얀 여왕님을 초대하고 싶군요."

"그럼 붉은 여왕님도 초대하도록 하죠."

하얀 여왕이 살짝 미소를 지으며 말했다.

"제가 오후에 만찬을 열기로 되어 있는 줄은 몰랐네요."

앨리스가 말했다.

"그리고 제가 만찬을 열기로 되어 있다면, 제가 직접 손님을 초대해야 하는 게 당연한 것 같은데요."

"이미 너에게 기회를 줬었어."

붉은 여왕이 말했다.

"아무래도 너는 예절 교육을 제대로 받지 못한 것 같구나."

"예절은 따로 공부하는 게 아니에요."

앨리스가 말했다.

"공부 시간에는 산수 같은 걸 배우는 거죠."

"그럼 더하기를 할 줄 알겠구나?"

하얀 여왕이 물었다.

"1 더하기 1 더하기 1 더하기 1 더하기 1 더하기 1 더하기 1 더하기 1 더하기 1 더하기 1은 몇이지?"

"잘 모르겠어요."

앨리스가 계속 대답했다.

"1이 몇 개인지 까먹었어요."

ONE

"더하기를 못하는 것 같네요."

붉은 여왕이 끼어들었다.

"그럼 빼기는 할 수 있니? 8에서 9를 빼면 몇이지?"

"8에서 9를 빼는 건 못하지만."

앨리스가 대답했다.

"그렇지만……."

"빼기도 못하는구나. 그럼 나누기는 할 줄 알아? 빵을 칼로 잘라서 나누면 뭘까?"

하얀 여왕이 물었다.

"정답은……."

앨리스가 대답을 하려는데 붉은 여왕이 대신 정답을 말했다.

"그야 물론 버터 바른 빵이지. 그럼 다른 빼기 문제를 풀어봐. 개에서 뼈다귀를 빼면 뭐가 남지?"

앨리스는 곰곰이 생각했다.

"개에게서 뼈다귀를 뺏으면, 당연히 뼈다귀는 안 남을 거고, 그럼 개도 그 자리에 없겠죠? 저를 물어뜯으려고 쫓아올 테니까요. 그럼 결국에는 저도 남지 않을 거예요!"

"그렇다면 아무것도 남지 않는다는 거구나?"

붉은 여왕이 말했다.

"제 생각에 정답은 그거 같은데요."

"이번에도 틀렸어."

붉은 여왕이 말했다.

"개의 성질은 남잖아."

"그게 무슨……."

"자, 들어봐!"

붉은 여왕이 말했다.

"개가 화나서 성질을 내지 않을까?"

"그렇겠죠."

앨리스가 조심스레 말했다.

"그럼 개가 없어져도 그 성질은 남을 게 아니니!"

여왕이 우쭐해하며 외쳤다.

앨리스는 최대한 진지한 말투로 물었다.

"개와 그 개의 성질이 다른 길로 갈 수도 있지 않을까요?"

하지만 속으로는 '정말 말도 안 되는 소리를 하고 있잖아!'라고 생각하지 않을 수 없었다.

"이 꼬마는 산수를 전혀 못하나봐요!"

두 여왕이 입을 모아 강하게 외쳤다.

"여왕님들은 산수를 잘하세요?"

앨리스가 하얀 여왕 쪽으로 돌아서며 물었다. 괜히 구박을 받는 것 같아서 기분이 좋지 않았기 때문이다.

하얀 여왕은 놀라서 눈을 꼭 감고 대답했다.

"더하기는 할 수 있단다. 시간만 충분히 준다면. 하지만 빼기는 못해. 절대 못하겠어!"

"당연히 ABC는 알겠지?"

붉은 여왕이 물었다.

"당연히 알고말고요."

앨리스가 대답했다.

"나도 그건 알아."

하얀 여왕이 속삭였다.

"우리 가끔씩 같이 알파벳을 외우면 되겠구나. 꼬마야, 이건 비밀인데, 난 짧은 단어는 읽을 수 있단다! 정말 대단하지 않니? 너무 기죽지는 마. 너도 곧 읽을 수 있을 테니까."

바로 그때 붉은 여왕이 다시 입을 열었다.

"그렇다면 일반 상식에 대해서는 잘 아니? 빵은 어떻게 만들지?"

"그건 저도 알아요!"

앨리스가 신이 나서 외쳤다.

"'밀가루'로……."

"그 '꽃'은 어디서 따는데?"

('밀가루'와 '꽃'의 철자는 각각 'flour'와 'flower'로 다르지만 발음이 같다: 옮긴이)

여왕이 물었다.

"정원? 아니면 울타리?"

하얀 여왕이 캐묻듯 말했다.

"그건 따는 게 아니에요."

앨리스가 차분히 설명했다.

"가루로 '빻아야' 하는 거죠……."

하얀 여왕이 다시 물었다.

"얼마나 넓은 '땅'에서? 이렇게 많이 빼놓고 얘기하면 어떡하니?"

('빻았다'와 '땅'은 모두 'ground'라고 한다. 여기서 두 사람은 같은 단어를 서로 다른 뜻으로 쓰고 있다: 옮긴이)

"이 꼬마 머리에 부채질을 해줘야겠어요! 머리를 너무 써서 열이 나는 것 같은데요."

붉은 여왕이 걱정스럽게 말했다.

마침내 두 여왕은 나뭇잎 다발로 앨리스를 부채질하기 시작했고, 머리카락이 사방으로 흩날려서 제발 그만하시라고 애원할 때까지 부채질은 계속되었다.

"이제 좀 진정이 된 것 같구나. 그럼 외국어는 할 줄 아니? '피들 디디fiddle-de-dee'는 프랑스어로 뭐지?"

"피들 디디는 영어가 아니에요."

앨리스가 심각하게 말했다.

"누가 영어라고 했니?"

붉은 여왕이 받아쳤다.

이번에는 난관을 어떻게 뚫고 나가야 할지 좋은 수가 번뜩 떠올랐다.

"피들 디디가 어느 나라 말인지 알려주시면, 프랑스어로 어떻게 말하는지 말해 드릴게요!"

앨리스가 의기양양하게 외쳤다.

하지만 붉은 여왕은 몸을 꼿꼿이 펴고 대답했다.

"여왕은 절대로 협상을 하지 않아."

앨리스는 속으로 생각했다.

'여왕님들이 절대 질문을 하지 않으면 좋겠어.'

"이제 말다툼은 그만하죠."

하얀 여왕이 걱정스러운 목소리로 말했다.

"그렇다면 번개를 일으키는 건 뭐지?"

앨리스는 확신에 찬 단호한 말투로 대답했다.

"번개를 일으키는 건, 바로 천둥이에요. 아니, 그게 아니에요!"

앨리스는 서둘러 말을 고쳤다.

"그 반대예요."

"이제 와 말을 바로잡기에는 늦었어."

붉은 여왕이 말했다.

"일단 말을 뱉고 나면 그걸로 끝이란다. 네가 한 말에 대한 결과에 책임져야 해."

"그 말 들으니까 생각나는데……."

하얀 여왕이 눈을 내리깔고 걱정스러운 듯 양손을 쥐었다 펴면서 말했다.

"지난 화요일에 엄청나게 무서운 폭풍우가 몰아쳤었단다. 지난주에 있었던 여러 화요일 중에서 하루에 말이야."

앨리스가 어리둥절해하며 말했다.

"제가 사는 나라에서는 한 주에 화요일이 한 번뿐인데요."

"정말 형편없는 규칙이구나. 여기에서는 한 번에 두세 개의 밤낮이 이어진단다. 가끔 겨울이면 밤이 다섯 번까지 이어질 때도 있어. 따뜻하게 지내기 위해서란다."

붉은 여왕이 말했다.

"그럼 다섯 밤이 하룻밤보다 따뜻하다는 건가요?"

앨리스가 용기를 내서 물었다.

"물론 다섯 배 정도 따뜻해."

"하지만 똑같은 규칙을 적용하면 다섯 배 더 추울 수 있을 텐데요……."

"맞아, 그거야! 다섯 배 더 따뜻하고 다섯 배 더 춥고. 마치 너보다 내가 다섯 배 더 부자이고 다섯 배 더 똑똑한 것처럼 말이야!"

붉은 여왕이 외쳤다.

앨리스는 한숨을 내쉬고 대답을 포기해 버렸다.

'이건 정답이 없는 수수께끼 같아!'

앨리스는 속으로 생각했다.

"험프티 덤프티도 그걸 봤단다."

하얀 여왕이 낮은 목소리로 말했다.

"코르크 따개를 가지고 문간까지 찾아왔었는데."

"무엇 때문에 왔다던가요?"

붉은 여왕이 물었다.

"집 안에 들어오고 싶다더군요."

하얀 여왕이 말을 이었다.

"하마를 찾으러 왔다고. 그런데 유감스럽게도 그날 아침에는 집 안에 하마가 없었어요."

"평소에는 하마가 집에 있어요?"

앨리스가 놀라서 되물었다.

"목요일에는 있단다."

하얀 여왕이 대답했다.

"험프티 덤프티가 왜 찾아왔었는지 알겠어요. 물고기를 혼내주고 싶어 했거든요. 그게 그러니까……."

바로 그때, 하얀 여왕이 다시 입을 열었다.

"정말 무시무시한 폭풍우였어! 번개까지 치고, 넌 상상도 못할 거야. (이때 "저 꼬마가 뭘 알겠어요?"라고 붉은 여왕이 말했다.) 지붕 일부가 날아가고 천둥이 더 들이쳤어. 급기야 천둥이 방 안까지 들어와서 탁자며 온갖 물건들을 전부 쓰러뜨렸지. 그날 얼마나 놀랐는지, 내 이름이 뭔지도 기억이 안 나더라고!"

앨리스는 속으로 생각했다.

'나 같으면 그 난리에 이름을 기억해내려고 하지도 않았을 텐데.'

하지만 속내를 소리 내 말하지는 않았다. 행여 가엾은 하얀 여왕의 심기를 불편하게 만들고 싶지는 않았기 때문이다.

"여왕 폐하가 너그럽게 이해해주셔야죠."

붉은 여왕이 하얀 여왕의 손을 부드럽게 어루만지며, 앨리스에게 말했다.

"좋은 의미로 얘기한 걸 거야. 그냥 얘기하다 보니까 바보 같은 말이 나오는 거겠지."

하얀 여왕은 수줍은 표정으로 앨리스를 바라보았고, 앨리스도 뭔가 다정하게 대꾸를 해야겠다 싶으면서도 순간적으로 아무 말도 떠오르지 않았다.

"하얀 여왕은 어릴 때부터 교육을 제대로 못 받았거든."

붉은 여왕이 말을 이었다.

"그래도 성격은 정말 끝내준다고. 얼마나 좋은지 알면 놀랄 거야!

머리를 쓰다듬어봐, 그럼 얼마나 즐거워하는지 몰라!"

하지만 앨리스는 감히 그렇게 행동할 용기가 나지 않았다.

"아주 조금만 친절을 베풀어도…… 머리카락을 종이로 말아주기만 해도…… 엄청나게 놀라운 일이 벌어질 테니까."

하얀 여왕이 깊은 한숨을 내쉬면서 앨리스의 어깨에 고개를 기대었다.

"너무 졸려."

"가엾어라! 많이 피곤한 모양이구나. 머리 좀 쓰다듬어줘. 수면모자가 있으면 빌려주고. 마음이 편해지게 자장가도 불러주렴."

붉은 여왕이 말했다.

"수면 모자가 없는데요. 자장가도 아는 게 없어요."

앨리스가 여왕의 지시에 따르려다가 말했다.

"그럼 내가 직접 불러줘야겠구나."

붉은 여왕은 자장가를 부르기 시작했다.

자장자장, 앨리스의 무릎 위에 예쁜 숙녀.
만찬 준비가 끝날 때까지 잠시 자도 좋아.
만찬이 끝나면 함께 무도회에 가도록 해요.
붉은 여왕, 하얀 여왕, 앨리스, 그리고 모두 함께!

"이제 가사를 알겠지?"

붉은 여왕이 앨리스의 반대쪽 어깨에 기대며 말했다.

"나에게도 자장가를 불러주렴. 무척 노곤하구나."

그다음 순간, 두 여왕이 곤히 잠들었고 코를 드르렁 골기 시작했다.

"이제 어쩌면 좋지?"

앨리스는 너무 당황해서 주위를 두리번거리며 말했다. 처음에는 한쪽에 기대고 있던 여왕의 머리가 점점 내려가더니 곧이어 반대쪽에 기대고 있던 여왕의 머리도 내려가서는 앨리스의 무릎에 묵직하게 얹힌 상황이었다.

“어떤 사람도 두 여왕을 동시에 돌봐야 했던 적은 없을 거야! 그래, 영국 역사를 통틀어도 그런 적은 없을걸. 그럴 수가 없겠지. 역사상 여왕이 둘이었던 적이 없었으니까.
제발 일어나요, 무겁단 말이에요!”

앨리스는 짜증 난 말투로 계속 말을 했지만 드르렁 코를 고는 소리 말고는 아무 대답도 들리지 않았다.

코를 고는 소리는 점점 더 커져서 마침내 노랫소리처럼 들렸다. 이제 앨리스는 그 노래의 가사까지 알아들을 수 있게 되었다. 얼마나 집중을 해서 들었는지, 무릎 양쪽에 기대고 있던 두 여왕의 묵직한 머리가 사라져 버렸는데도 알아차리지 못할 정도였다.

어느새 앨리스는 '앨리스 여왕'이라는 커다란 글씨가 적힌 아치형 현관 앞에 서 있었다. 양쪽으로는 종 모양의 손잡이가 달려 있었다. 하나는 '방문객의 종'이라고 적혀 있었고, 반대쪽에는 '하인의 종'이라고 적혀 있었다.

"노래가 끝날 때까지 기다렸다가 초인종을 울려야겠어. 그나저나 어느 쪽을 두드려야 하는 걸까?"

앨리스는 양쪽의 초인종을 보며 고민에 빠졌다.

"나는 손님도 아니고 하인도 아닌데. '여왕의 종'이라고 적힌 게 있으면 좋을 텐데."

바로 그때, 현관문이 살짝 열렸다. 부리가 긴 동물 하나가 고개를 쑥 내밀더니 "다음다음 주까지 출입금지예요!"라고 말하고 문을 꽝 닫았다.

앨리스는 한참 동안 문을 두드리며 초인종을 울렸고, 마침내 늙은 개구리 하나가 나무 밑에 앉아 있다가 뒤뚱거리며 천천히 다가

왔다. 그 개구리는 노란 옷을 입고 커다란 장화를 신고 있었다.

"무슨 일이냐?"

개구리가 잔뜩 쉰 목소리로 나직이 물었다.

앨리스는 상대가 누구든 바로 받아칠 기세로 고개를 획 돌렸다.

"초인종을 누르면 대답을 해야 마땅한데 이 집 하인은 대체 어디 간 거죠?"

앨리스가 버럭 외쳤다.

"어느 문 말이지?"

개구리가 물었다.

앨리스는 느릿느릿한 개구리의 대답에 짜증이 솟구쳐 발을 동동 구르기 직전이었다.

"당연히 이 문이죠!"

개구리는 흐리멍덩하고 커다란 눈으로 잠시 문을 쳐다보았다. 그리고 문으로 다가가 엄지손가락으로 문을 쓱쓱 문질렀다. 그러고 나서 앨리스를 돌아보며 말했다.

"문이 대답을 한다고? 문한테 뭘 물어봤기에?"

개구리의 목소리가 잔뜩 쉬어 있어서 앨리스는 무슨 소리인지 도무지 알아들을 수가 없었다.

"무슨 소리를 하시는 거예요!"

"내가 딴 나라 말을 하는 것도 아닌데 모르겠다고?"

QUEEN ALICE

개구리가 말을 이었다.

"혹시 귀가 먼 거 아니니? 뭘 물어봤냐니까?"

"아무것도 안 물어봤어요!"

앨리스가 성급하게 받아쳤다.

"난 그냥 문을 두드렸을 뿐이에요."

"그러면 안 돼, 그러면……."

개구리가 웅얼거리며 말했다.

"그러면 성질만 돋울 뿐이라고."

그리고 문으로 걸어가더니 커다란 발로 문을 걷어찼다.

"그냥 내버려둬."

개구리가 다시 뒤뚱뒤뚱 걸어서 나무로 걸어가다가 헐떡거리며 말했다.

"그럼 문도 너를 그냥 내버려둘 테니까."

그 순간 문이 활짝 열리더니 날카로운 목소리로 노래하는 소리가 들려왔다.

거울 나라를 향해 앨리스가 이렇게 말했지.
"내 손에는 왕의 홀이, 머리에는 왕관이 있어.
거울 나라의 백성들이여, 누구라도 이리 와서
붉은 여왕, 하얀 여왕, 그리고 나와 만찬을 들자."

그리고 수백 명의 목소리가 합창을 이어갔다.

"빨리 잔을 채워요.
테이블에는 단추와 겨를 뿌리고
커피에는 고양이를, 차에는 쥐를 넣어요.
삼십 번씩 삼창하여, 앨리스 여왕을 환영하세!"

곧이어 시끄러운 환호성이 들려왔고, 앨리스는 혼자 생각했다.
'삼십 번씩 삼창이면 총 아흔 번인데, 그건 누가 세는 거지?'
잠시 후, 주변이 조용해졌고 또다시 날카로운 목소리가 노래를 시작했다.

앨리스가 말하네, "거울 나라의 백성들이여, 이리 와요!
내 모습을 알현하는 것은 영광스럽고
내 목소리를 듣는 것은 은혜로우니
붉은 여왕, 하얀 여왕, 그리고 나와 함께
만찬과 차를 즐기는 것은 고귀한 특권이랍니다."

또다시 합창이 이어졌다.

"당밀과 잉크로 잔을 가득 채워요.
뭐든 마실 만한 것들로 잔을 채우고
사이다에는 모래를, 와인에는 양털을 섞어요.
아흔 번씩 구창하여, 앨리스 여왕을 환영하세!"

앨리스는 절망에 가득 차 노래 가사를 되풀이했다.

"아흔 번씩 아홉 번을 외치다니! 오, 절대로 끝이 나지 않을 거야! 그냥 한 번에 들어가는 편이 낫겠어."

앨리스는 그 말과 함께 문으로 들어갔고, 그 순간 죽음과도 같은 정적이 흘렀다.

앨리스는 거대한 연회장을 걸어가면서 걱정스러운 눈으로 테이블을 훑어보았다. 각양각색의 오십 명가량 되는 손님들이 앉아 있었다. 갖가지 동물들과 새들, 심지어 꽃들까지 자리를 잡고 있었다.

'초대할 때까지 기다리지 않고 직접 찾아와 주다니, 정말 다행이야. 어떤 손님을 초대해야 하는 건지 전혀 몰랐을 테니까!'

앨리스는 속으로 생각했다.

맨 위쪽 테이블에 의자가 세 개 놓여 있었다. 붉은 여왕과 하얀 여왕은 이미 자리를 잡고 앉아 있었고, 가운데 의자 하나만 텅 비어 있었다. 앨리스는 주변을 가득 메운 침묵에 다소 불편함을 느끼면서 자리에 앉았고, 누구라도 먼저 입을 열어주었으면 하고 간절히 바랐다.

마침내 붉은 여왕이 입을 열었다.

"수프랑 생선 요리는 벌써 끝났어. 이봐, 고기 요리를 내오도록 해라!"

그러자 시종들이 눈앞에 커다란 양다리 구이를 올렸다. 한 번도 양다리 구이를 먹어본 적이 없는 앨리스는 걱정스럽게 고기만 빤히 쳐다보았다.

"수줍은 모양이구나."

붉은 여왕이 말했다.

"내가 양다리를 소개해주도록 하겠어. 앨리스, 이쪽은 양다리란다. 양다리, 이쪽은 앨리스야."

그러자 양다리가 접시에서 일어나서 살짝 고개를 숙이며 인사를 건넸다. 앨리스는 웃어야 할지 울어야 할지 모르고 살짝 고개를 숙여 답했다.

"한 조각 썰어 드릴까요?"

앨리스가 칼과 포크를 들고, 두 여왕을 번갈아 쳐다보며 물었다.

"절대 안 될 말이야."

붉은 여왕이 단호하게 말했다.

"소개받은 상대방을 칼로 써는 것은 예의가 아니란다. 이봐, 양다리를 치워라!"

시종들이 양다리 구이를 치우고 나서, 그 자리에 큼직한 자두 푸딩을 올렸다.

"이번에는 푸딩한테 소개하지 마세요!"

앨리스가 서둘러 말했다.

"그럼 저녁 식사를 하나도 못하게 되잖아요. 푸딩 좀 드릴까요?"

하지만 붉은 여왕은 뚱해진 얼굴로 차갑게 말했다.

"푸딩, 이쪽은 앨리스야. 앨리스, 이쪽은 푸딩이야. 이봐! 푸딩을 치워라!"

시종들의 움직임이 어찌나 날쌘지 이번에는 앨리스가 인사를 할 틈조차 없었다.

무엇보다 앨리스는 왜 매번 명령을 내리는 사람이 붉은 여왕인 건지 이해되지 않았다. 그래서 시험 삼아서 이렇게 외쳤다.

"이봐! 그 자두 푸딩을 다시 내와!"

그러자 요술처럼 푸딩이 다시 나타났다. 자두 푸딩이 얼마나 큰지, 막상 칼로 자르려고 하자 양다리 고기를 봤을 때처럼 다소 꺼림칙한 기분이 들었다. 하지만 애써 그런 기분을 누르고 푸딩을 한 조각 잘라서 붉은 여왕에게 건넸다.

"정말 무례하기 짝이 없구나!"

그러자 푸딩이 말했다.

"내가 네 몸뚱이를 한 조각 잘라낸다면, 넌 기분이 어떨 것 같아?"

푸딩이 걸쭉한 목소리로 외쳤다. 앨리스는 뭐라 대답해야 할지 몰라 가만히 자두 푸딩을 바라보고만 있었다.

"뭐라고 대답이라도 해야지."

붉은 여왕이 끼어들었다.

"푸딩 혼자만 말하게 두는 건 정말이지 우스운 일이잖아!"

"저기 말이죠, 제가 오늘 얼마나 많은 시를 들었는지 아세요?"

앨리스가 입을 열었다. 앨리스의 말이 시작되는 순간, 주변이 쥐 죽은 듯 고요해졌다. 모든 이들의 시선이 쏠리자 앨리스는 살짝 겁이 났다.

"정말 흥미로운 건 말이죠. 모든 시들이 물고기와 조금씩 연관이 있다는 거였어요. 여기서는 왜 다들 물고기를 좋아하는 거죠?"

앨리스가 붉은 여왕에게 물었고, 여왕의 대답은 다소 엉뚱했다.

"물고기에 대한 질문이라면……."

붉은 여왕이 앨리스의 귓가에 대고 매우 진지하고 차분하게 말하기 시작했다.

"하얀 여왕이 모든 수수께끼를 알고 있단다. 전부 다 시로 된 거지만, 모두 물고기에 관한 것이란다. 하얀 여왕한테 그 시를 읊어달라고 해볼까?"

"먼저 저렇게 말해주다니, 붉은 여왕님은 정말 친절하시다니까!"

하얀 여왕이 앨리스의 반대쪽 귀에 대고 비둘기처럼 구구거리며 속삭였다.

"정말 재미있을 거야. 내가 시를 읊어주길 바라니?"

"네, 부탁드려요."

앨리스가 매우 공손하게 대답했다.

하얀 여왕은 기뻐서 어쩔 줄 모르며 앨리스의 뺨을 토닥거렸다. 그리고 시를 읊기 시작했다.

"먼저 물고기부터 잡아야 해."
그건 식은 죽 먹기, 꼬마들도 쉽게 잡을 수 있어.
"그리고 물고기를 사야 해."
그것도 식은 죽 먹기, 한 푼만 줘도 살 수 있지.

"이제 물고기를 요리해줘."
그건 식은 죽 먹기, 일 분도 안 걸릴 거야.
"물고기를 접시에 담아."
그건 식은 죽 먹기, 벌써 담겨 있으니까.

"이리 가져와! 맛이 어떤지 보자."
식탁에 접시를 차리기도 쉬울 거야.
"접시 뚜껑을 열어!"
아, 그건 어려워서 도저히 못하겠어!

물고기들이 접착제를 바른 듯
뚜껑과 접시에 몸을 딱 붙이고 있으니까.
접시 뚜껑 열기와 수수께끼 뚜껑 열기,
둘 중 어느 것이 더 쉬울까?

"잠시 시간을 두고 잘 고민해보렴."

붉은 여왕이 말했다.

"그동안 우리는 너의 건강을 위해서 축배를 들도록 할게. 앨리스 여왕의 건강을 위하여!"

붉은 여왕이 큰 소리로 선창을 하자, 모든 손님들이 곧바로 술을 마시기 시작했고 하나같이 기이한 모습이었다. 누군가는 술잔을 소등기처럼 머리에 쓰고 얼굴로 줄줄 흘러내리는 술을 마셨고, 또 누군가는 포도주 병을 뒤집어서 테이블 가장자리에 흘러내리는 술을 날름날름 받아 마셨다. 그중 캥거루처럼 생긴 손님 세 명은 양고기 구이가 놓인 접시 안으로 기어 들어가서, 열심히 국물을 핥아먹었다.

"꼭 여물통에 들어간 돼지들 같아!"

앨리스는 생각했다.

"이제 멋지게 답사를 해줘야지."

붉은 여왕이 얼굴을 찌푸리며 말했다.

"우리가 도와줄게."

앨리스가 잔뜩 겁을 먹고 시키는 대로 자리에서 일어나려는데, 하얀 여왕이 속삭였다.

"정말 감사해요."

앨리스도 작은 목소리로 말했다.

"하지만 혼자서도 잘할 수 있어요."

"절대 그럴 수 없을 거야."

붉은 여왕이 단호하게 말했다. 그래서 앨리스도 흔쾌히 하얀 여왕의 제안을 받아들이기로 했다.

앨리스는 연설을 하면서 자리에 제대로 서 있기가 힘들 지경이었다. 양쪽에서 두 여왕이 하도 밀어대는 바람에 거의 공중에 뜨다시피 했으니까.

"여러분께 감사 인사를 드리기 위해서……."

앨리스가 말을 시작했다. 그런데 진짜 몸이 공중에 10센티미터 정도 붕 하고 떠올랐고, 앨리스는 테이블 가장자리를 잡고서 간신히 몸을 바닥에 지탱했다.

"조심해야지."

하얀 여왕이 두 손으로 앨리스의 머리카락을 잡으며 외쳤다.

"이러다 진짜 일 나겠어!"

그리고 그 순간, 모든 일들이 순식간에 벌어졌다. 갑자기 촛불들이 천장까지 넘실거리며 타올랐는데 꼭대기에 불꽃이 타오르는 골풀 밭처럼 보일 정도였다. 술병들은 접시 두 개를 날개처럼 양옆에 붙이고 바닥에는 포크 두 개를 다리처럼 붙인 채 사방으로 푸드덕 날아다녔다. 앨리스는 그 정신 없는 와중에도 '진짜 새 같은데!'라고 생각했다.

바로 그때, 누군가 잔뜩 쉰 목소리로 웃기 시작했고 앨리스는 하얀 여왕에게 무슨 일이 생겼나 싶어 고개를 돌렸다. 그런데 여왕이 있던 자리에 양다리 구이가 떡하니 앉아 있는 것이 아닌가!

"난 여기 있단다!"

앨리스는 그 소리에 고개를 돌렸고, 둥글고 서글서글한 얼굴의 하얀 여왕이 수프 접시 가장자리로 살짝 웃으며 나타났다가 다시 사라져 버렸다.

더 이상 주저할 시간이 없었다. 벌써 손님들 중 몇몇은 접시 위에 누워 있었고 국자는 앨리스가 앉은 쪽을 향해서 성큼성큼 테이블 위로 걸어오면서 저리 비키라고 황급히 손짓을 하고 있었다.

"더 이상은 못 참겠어!"

앨리스는 자리에서 벌떡 일어나 외쳤다. 그리고 양손으로 테이블보를 덥석 쥐었다. 있는 힘껏 테이블보를 잡아당기자 접시와 그릇, 손님들과 촛불까지 우르르 마룻바닥으로 쏟아져 버렸다.

"그리고 당신!"

이 모든 소동이 붉은 여왕 때문이라고 생각한 앨리스는 머리끝까지 화가 나서 버럭 외치며 뒤돌았다. 하지만 붉은 여왕은 어디에도 없었다. 붉은 여왕은 순식간에 작은 인형 크기로 줄어들어서, 어깨 뒤로 나풀거리며 날아가는 숄을 쫓아 테이블 위에서 빙글빙글 돌고 있었다.

다른 때 같았으면 앨리스도 깜짝 놀랐을 테지만, 이번에는 너무 흥분해서인지 전혀 놀랍지 않았다.

"당신 말이야!"

앨리스는 테이블 위에 떨어진 병 위를 폴짝 뛰어넘으려던 작은 붉은 여왕을 손아귀에 넣으며 또다시 외쳤다.

"당신을 있는 힘껏 흔들어서 아기 고양이로 만들어 버리고 말겠어!"

10

흔들기

앨리스는 붉은 여왕을 들어서 있는 힘껏 앞뒤로 흔들었다.

붉은 여왕은 아무 저항도 하지 않았다. 그저 얼굴은 점점 작게, 눈은 점점 크고 푸르게 변하기 시작했다. 그리고 앨리스가 계속 붉은 여왕을 흔들자, 몸이 더 작고 통통하고 부드럽고 동그랗게 변하더니…….

11

깨어나기

……결국 아기 고양이가 되었다.

12

진짜 꿈을 꾼 건 누구일까?

"붉은 여왕 폐하, 이렇게 경박하게 가르랑거리시면 안 되죠!"

앨리스는 눈을 비비며 공손하면서도 약간 엄하다 싶은 어투로 고양이를 타일렀다.

"너 때문에 깼어! 정말 재미있는 꿈이었는데. 키티야, 너 계속 나랑 함께 있었구나. 우리 같이 거울 나라를 여행한 거야. 너도 알고 있었니?"

무슨 말을 하건 계속 가르랑거리기만 하는 고양이의 습성은 정말 좋지 않았다.

"'예스'라고 말하고 싶을 때는 가르랑거리고, '노'라고 하고 싶을 때는 야옹거리면 좋을 텐데……. 그런 규칙 같은 게 있으면 얼마나

좋을까?"

앨리스가 말했다.

"항상 똑같은 소리만 내면 사람이랑 어떻게 대화를 할 수 있겠니? 안 그래?"

이번에도 아기 고양이는 가르랑거리는 소리를 냈을 뿐이라 그게 '예스'인지 '노'인지 도무지 알 길이 없었다.

그래서 앨리스는 탁자 위에 놓인 체스 말들을 뒤져서 붉은 여왕을 찾아냈다. 그리고 벽난로 앞 깔개에 무릎을 대고 앉아서 키티와 붉은 여왕을 마주 보도록 놓았다.

"자, 키티야!"

앨리스는 의기양양하게 손뼉을 치며 말했다.

"네가 붉은 여왕으로 변했던 거라고 솔직히 말해봐!"

자꾸 고개를 돌리면서 안 보려고 하는 걸 보면 키티가 붉은 여왕이었던 게 분명한 것 같았다.

"키티, 똑바로 앉아봐!"

앨리스가 즐겁게 웃음을 터트리며 말했다.

"뭐라고 가르랑거려야 하나 생각하고 싶을 때는 공손하게 절을 해, 알았지? 그럼 시간을 절약할 수 있거든, 기억해둬!"

앨리스는 아기 고양이를 번쩍 들어서 쪽 하고 입을 맞추었다.

"우리 아가가 붉은 여왕이었던 걸 기념하면서!"

앨리스는 어깨 너머로 하얀 아기 고양이를 보며 외쳤다. 스노드롭은 참을성 있게 어미에게 몸을 맡기고 몸단장을 받고 있었다.

"우리 예쁜이, 스노드롭! 언제쯤 다이나는 하얀 여왕님의 몸단장을 마칠까나? 그래서 네가 꿈속에서 지저분하게 보였구나. 다이나! 우리 하얀 여왕님을 너무 박박 문지르는 거 알아? 그건 정말 무례한 행동이라고! 그럼 다이나는 뭘로 바뀌었던 걸까? 궁금해라."

앨리스는 팔꿈치를 깔개에 대고 턱을 괸 채로 편하게 아기 고양이들을 쳐다보았다.

"다이나, 말해봐. 혹시 험프티 덤프티로 바뀌었던 거니? 아무래도 그런 것 같은데. 하지만 친구들에게 얘기하지 않는 게 좋겠어. 아직 확실치 않으니까. 그런데 키티야. 정말 나와 함께 꿈속에 있었던 거라면, 네가 정말 좋아할 만한 일이 있었어. 꿈속에서 아주 긴 시를 들었는데, 전부 물고기에 대한 거였어! 내일 아침에 진짜 물고

기를 먹을 수 있을 거야. 네가 아침을 먹는 동안, 내가 '바다코끼리와 목수'라는 시를 읊어줄 거야. 그럼 진짜 굴을 먹는 거라고 착각할지도 모르겠다! 자, 키티야. 그 모든 걸 꿈꾼 것이 누군지 생각해보자. 이건 심각한 문제야, 예쁜아. 자꾸 발을 핥으면 못써. 그럼 다이나가 오늘 아침에 목욕을 안 시킨 것처럼 보이잖아. 키티, 아무리 생각해도 나 아니면 붉은 왕이 꿈을 꾼 걸 거야. 물론 붉은 왕이 내 꿈에 나왔지. 하지만 나도 붉은 왕의 꿈에 나왔던 거야! 키티, 넌 붉은 왕의 부인이었으니까 잘 알겠지? 제발 부탁이야. 어떻게 된 건지 말해줘! 발은 나중에 핥아도 되잖아!"

하지만 아기 고양이는 앨리스를 일부러 약 올리기라도 하는 것처럼 반대쪽 앞발을 핥으며 앨리스의 말을 못 들은 척 딴청을 피웠다.

여러분들은 꿈을 꾼 게 누구라고 생각하나요?

7월의 어느 날 밤
밝은 하늘 아래 작은 배 하나가
꿈을 꾸듯 유유히 흘러가네.

눈빛을 반짝이며 귀를 쫑긋 세우고
세 아이가 도란도란 둘러앉아서
소박한 이야기를 들으며 즐거워하네.

밝은 하늘은 어느새 흐릿하게 변했고
메아리는 잦아들고 기억도 희미해져
차가운 가을 서리가 7월을 몰아냈네.

어느 하늘 아래서 떠돌고 있을 앨리스,
아직도 환영처럼 나를 사로잡지만
아무리 눈을 떠봐도 볼 수가 없네.

아직도 그 아이들은 둘러앉아서
눈빛을 반짝이며 귀를 쫑긋 세우고
소박한 이야기에 귀를 기울이겠지.

이상한 나라에 누워서
날이 어두워질 때까지 꿈을 꾸고
여름이 저물 때까지 꿈을 꾸겠지.

강물을 따라 오래오래 흐르고
황금빛 햇살 아래를 떠돌면서…….
인생이란, 그저 한낱 꿈이 아닐지!

지은이 루이스 캐럴

1832년 영국 체셔 지방의 성직자 집안에서 태어났으며 본명은 찰스 루트위지 도지슨이다. 어린 시절부터 체스 게임, 인형극 등에 호기심을 보였고, 평생 독신으로 살았던 그는 아이들을 즐겁게 해주기 위해 게임과 퍼즐을 고안하거나 삽화를 그린 잡지를 만들기도 했다. 옥스퍼드 대학의 수학부 교수로 일하는 동안 새로 부임해온 학장의 어린 딸들과 우정을 쌓았는데, 실제 창작할 영감을 안겨준 '앨리스'는 그 자매들 중 하나였다. 《이상한 나라의 앨리스》(1865)와 《거울 나라의 앨리스》(1871)로 대표되는 〈앨리스〉 시리즈는 출간되자마자 공전의 대성공을 거뒀고, 영국뿐만 아니라 전 세계에서 가장 인기 있는 동화가 됐다.

옮긴이 정윤희

서울여자대학교 대학원에서 번역학 박사과정을 수료하고 서울디지털대학교, 세종대학교, 부산대학교, 숭실사이버대학교, 중앙대학교, EBS에서 번역학, 영문학, 영상번역 등을 강의하고 있다. 각종 국제영화제 및 상영관의 영화 번역가로도 활동했다. 현재 허니브릿지 전문번역가로 활동 중이며, 《하울의 움직이는 성》 《제로의 기적》 《가디언의 전설》 《실버라이닝 플레이북》 《서약》 《비밀의 정원》 《앨리스와 앨리스》 《플래쉬 포워드》 《고고학 탐험대》 등 40여 편의 작품들을 우리말로 옮겼다.

그린이 김민지

JC엔터테인먼트에서 온라인 게임 디자인을 했고, 애니메이션 〈아크〉의 캐릭터 디자인과 컬러 코디네이션 및 일러스트 작업을 했다. 그동안 그림을 그린 책으로는 《어린 왕자》 《피터 팬》 《왕자와 거지》 《이상한 나라의 앨리스》 《오즈의 마법사》 《나무 바람을 사랑하다》 등이 있다.

거울 나라의 앨리스 아름다운고전시리즈 ㉒

지은이 | 루이스 캐럴 **옮긴이** | 정윤희 **그린이** | 김민지
펴낸이 | 김종길 **펴낸곳** | 인디고
편집 | 이은지 · 이경숙 · 김보라 · 김윤아 · 안수영 **마케팅** | 박용철 · 김상윤
디자인 | 엄재선 **홍보** | 정미진 · 김민지 **관리** | 박인영
출판등록 | 1998년 12월 30일 제2013-000314호 **주소** (04029) 서울특별시 마포구 월드컵로8길 41(서교동)
홈페이지 | indigostory.co.kr **전화** | (02)998-7030 **팩스** | (02)998-7924
블로그 | http://blog.naver.com/geuldam4u **페이스북** | www.facebook.com/geuldam4u
이메일 | geuldam4u@naver.com
초판 1쇄 인쇄 | 2015년 10월 20일 **초판 6쇄 발행** | 2021년 4월 1일 **정가** | 12,800원
ISBN 978-89-92632-98-0 03840